閱讀經典，成為更好的自己。

愛經典

茨威格中短篇小說精選

一個女人一生中的二十四小時

Vierundzwanzig Stunden
aus dem Leben
einer Frau

史蒂芬·茨威格
Stefan Zweig——著
楊植鈞——譯

緣起

卡爾維諾說：「『經典』即是具影響力的作品，在我們的想像中留下痕跡，並藏在潛意識中。正因『經典』有這種影響力，我們更要撥時間閱讀，接受『經典』為我們帶來的改變。」因著經典作品獨具的無窮魅力，時報出版公司特別引進「作家榜」品牌母公司大星文化策劃的「作家榜經典名著」，推出「愛經典」書系，期能為臺灣的經典閱讀提供最佳選擇。

這一系列作品，已出版近百本，累積良好口碑，榮登各大長銷榜。這些作家都經時代淬鍊，作品雋永，意義深遠。我們所選的譯者，許多都是優秀的詩人或作家，譯文流暢通順好讀，更能傳遞原創精神與文采意涵。因為經典，時報特別對每部作品皆以精裝裝幀，更顯質感，絕對是讀者閱讀與收藏經典的首選。

現在開始讀經典，成為更好的自己。

目次

導讀

茨威格：洞燭人性幽微的世界主義者

受限，卻無限

一百多年前，一本名為《馬來狂人：關於激情的故事集》的中短篇小說集在萊比錫的島嶼出版社問世。該書的作者，奧地利作家史蒂芬・茨威格在致法國作家羅曼・羅蘭的信中寫道：「這部小說集的寫作已經停滯了六個月……原以為還得花費更多的時間來完成，可是，有一天，它突然就在那兒了……這是我的第二部小說集，我對它的即將出版愉快得無以名狀……」

事實證明，這部作品對於一直以來從事傳記寫作和報刊編輯工作的茨威格來說，具有里程碑式的巨大意義。在不到八年的時間內，它在德國售出了十五萬冊，裡面最著名的篇目〈一位陌生女子的來信〉和〈馬來狂人〉被改編成電影和舞臺劇，它們連同早期的中篇〈祕密燎人〉一道，成為茨威格早期小說的代表作。在納粹因其猶太身分而焚毀他的所有作品之前，他的小說、傳記、詩歌和戲劇銷量已經突破了百萬冊，他本人也成了當時乃至今日作品全球傳播最廣、譯文語種最多的德語作家之一。二〇二一年是茨威格誕生一百四十周年，德奧等地除了舉辦各種展覽紀念這位具有深厚人道主義情懷的作家以外，還推出了根據其生前最後一部小說〈西洋棋的故事〉[1]改編的電影。電影保留了小說中敘述者所說的一句話：「一個人越是受限，他在另一方面就越是接近無限。這些人貌似避世，實際上正像白蟻一樣用自己特有的材料構建著一個獨一無二、非同凡響的微型世界。」

受限，卻無限——或許，這句話不僅適用於〈西洋棋的故事〉裡那位高超的西洋棋奇才，也適用於茨威格其他小說的主人公。他們的思緒、情感和精神都受制於某個特定情境，他們的行動是他們內心激情的俘虜，他們的結局或是被命運和偶然的鏈條所牽制，或是被歷史和政治的暴虐所改寫，或是被自我和本能的烈焰所吞噬。在〈祕密燎人〉中，小艾德加初次察覺到成人和兒童的界限，不自覺地被那個「偉大的祕密」所吸引，人格發生了自己都無法理解的嬗變；在〈馬來狂人〉中，殖民地醫生出於高傲和欲望把一個女人推向死亡，為此負疚終生，只能像馬來狂患者一樣手持尖刀向前奔跑，沒有目標和記憶，直至倒地身死；〈一個女人一生中的二十四小時〉裡嫻雅的英國貴婦，只瞥了一眼某個賭徒的手，就被其深深吸引，毅然放棄家庭和子女，準備隨他而去；〈重負〉裡的主人公、逃兵費迪南，儘管熱愛和平，拒絕成為殺人機器，卻因為一張紙條而喪失了自我，無意識地對戰爭俯首稱臣；〈看不見的珍藏〉裡的收藏家一輩子都活在不存在的收藏品中間；〈日內瓦湖畔插曲〉裡的逃兵跳進水裡游向根本不在此地的故鄉；〈西洋棋的故事〉裡的B博士瘋魔一般下著腦海中的棋局；〈一位陌生女子的來信〉裡的陌生女子為一個稍縱即逝的身影獻出了自己的愛情與生命……

在茨威格所有的小說作品中，無論裡頭講述的是個體的命數還是歷史的浩瀚，都存在一個刺針一樣的、微小又神祕的「束縛」，它可能只是一句話、一個眼神、一個執念、一道稍縱即逝的思緒、一片曾經見過的風景、一場腦海中幻想過的會面，卻足以在主人公的生命中掀起風暴，把他們推向激情的淵藪。不是所有主角都能把自己內心的衝動轉變成非同凡響的微型宇宙，可是他們都在凝視內心深淵的過程中，感知到了一個更為宏大的維度的存在。一種不可觸摸的信號，猶如天啟，在身體的內部敞開，像是燒淨一切的烈焰，又似萌芽於隕滅的種子：「他感到，這陌生的、未知的力量先用銳器，再用鈍器把他肉體裡的什麼東西挖了出來，有什麼東西正在一點一點地鬆開，一根線一根線地從他密閉的身體裡解脫出來。瘋狂的撕裂停止了，他幾乎不再疼痛。然而，在體內的什麼地方，有東西在

1 作家榜經典名著譯名：〈象棋的故事〉。

燜燒，在腐爛，在走向毀滅。他走過的人生和愛過的人，都在這緩慢燃燒的烈焰中消逝、焚燒、焦化，最終碎成黑色的炭灰，落在一團冷漠的泥潭之中。」（〈心之淪亡〉）可以說，茨威格的小說是一個龐大的、關於束縛的寓言，它不僅僅關注著人的內心，也質問著那種對內心施加束縛和限制的力量。

心理小說，把握生命的瞬息萬變

茨威格把一九二二年發表的小說集命名為《馬來狂人：關於激情的故事集》並不是偶然的，他筆下的人物，無論是教養良好的貴婦、學識淵博的醫師，還是成長於貧民家庭的小姑娘，都像患上了馬來狂的人一樣，無法控制自己的行為，只能一路狂奔，直至毀滅。這種熱病一般既迷醉又失落的狀態，貫穿了《馬來狂人：關於激情的故事集》中的五篇小說。誠然，學界一直強調茨威格對佛洛伊德精神分析理論的文學應用，甚至把茨威格的心理小說視為對赫爾曼·巴爾領銜的維也納現代派作家的一種繼承：外部世界是不可把握的，一切處於躁動、衝撞與流變之中，只有把文學的描寫對象從客觀世界轉向主觀的心靈結構，才有可能把握生命體的瞬息萬變。多年來，茨威格的讀者一直津津樂道的正是作者解剖人物內心時手術刀一樣鋒利又精準的筆法，一個詞語所引起的病症般的狂熱都被放大到令人眩暈的程度。在他的筆下，人的器官和軀體好像擁有獨立的生命，情欲與無意識彷彿可以開口言說，而不再是沉沒在內心深處的船隻那微弱的火光。

〈一個女人一生中的二十四小時〉的主角與其說是那位英國女士和波蘭賭徒，還不如說是後者那雙像野生動物一樣的手：「那個男人的雙手……突然往空中伸去，像是要抓住什麼不存在的東西，然後重重地跌落在桌面上，死了。然而不一會兒，那雙手又活了過來，從桌上回到自己主人的身上，狂熱地，像野貓一樣沿著身體軀幹摸索，上下左右，一遇到口袋就迫不及待地鑽進去，看看還有沒有藏著什麼以前忘在那裡的錢幣。」而〈恐懼〉的主角與其說是伊蕾娜夫人，倒不如說是那種像人一樣躲藏在她內心的恐懼：「門外，恐懼已經等著了，她一出來就被它粗暴地抓住，心跳都停了幾拍，最後幾乎是無意識地下了樓。」

人的欲望就像身體症狀一樣，不存在可以預測的行為方式，這也是茨威格小說的最大張力所在。正如德國作家克勞斯．曼所言，茨威格的作品長銷不衰的原因之一在於，他在故事中強化了最具張力的部分，而把「死去」的部分加以剔除。茨威格的小說雖然總是關於受限，可是這種限制總能蔓生出新的張力與爆破點；它們就像病痛一樣，強化了疼痛的部分，以至於病者只能感受到傷口的灼熱，而忘記了軀體其他部位的存在。從這個方面講，「受限」也是茨威格打磨小說情節的策略之一。

映射時代和世界，探討「人的條件」

然而，將其作品簡化為心理分析小說，無疑是對茨威格作為一個卓越的敘事大師的貶低。在敘述風格方面，他的大多數中短篇都沿用了德語中短篇小說的一個特定框架：故事並不直接開始，而是透過主人公對一個第三者「我」的間接講述來展開。在傳統的敘事策略中，此舉是為了加強小說的真實感；可是在茨威格的筆下，敘事框架往往變成了可以遊戲和反諷的地方，也是其作品所隱藏的神祕之處。在〈夏日小故事〉裡，「我」並不是作為只會聆聽的第三者登場，而是介入了整個故事的塑造之中，牽引並闡釋著故事的走向；在極具玄學與宿命風格的〈夜色朦朧〉裡，由那位無名敘述者開啟故事，誰又能相信少年鮑伯的記憶與愛情只是一張明信片在他腦中觸發的想像呢——既然〈馬來狂人〉的主人公開始之時尚能掙扎著用「他」來講述自己的故事，〈夜色朦朧〉中坐在黃昏霧靄中的講述者自然也可能是在黑暗中低喃自己的過往。通過對自己的小說施加這種敘事框架的限制，茨威格意在跳脫傳統心理小說的桎梏，創造更為玄奧的敘事層次。

通過這些限制和束縛，茨威格就像〈西洋棋的故事〉中的B博士和琴托維奇一樣，用特有的材料建造著獨一無二的、無限的小說世界。讀者，尤其是中國的讀者，往往忽視了茨威格小說中強烈的政治傾向和世界主義情懷。茨威格對小說人物內心的洞燭並非為了解析個體的命運，而是意在映射時代和世界，探討「人的條件」。〈恐懼〉所講的不僅僅是婚外情，也是二十世紀初期歐洲中產階級在舊日的「榮譽準則」和個人幸福之間的動搖不定；〈看不見的珍藏〉的核心並非收藏家的偏執與幻覺，而是德國通脹時期的社會慘狀與精神危機；〈里昂的婚禮〉講述的不僅是里昂圍困期間的故事，還是對當代極權政治的隱喻；〈馬來狂人〉也並非只是講述東方情調的奇人異事，當代的研究者把它和作者後期的《麥哲倫》一起視為探索後殖民話語的重要案例，更不用說〈重負〉和〈西洋棋的故事〉這樣直接針砭時弊的作品。

茨威格對個體精神世界的聚焦和對壯闊時代的關注並不矛盾，兩者往往互為鏡像——歷史社會的印記是個人情感風暴的培養皿，個體幽微的內心則是對世界狀態的終極寓言。事實上，茨威格的創作總是在個人經歷——傳記寫作——虛構文本三者之間游弋：〈馬來狂人〉就是茨威格多次東方之行後的作品，〈重負〉直接來源於作者本人在瑞士養病期間的經歷，〈里昂的婚禮〉則是在寫作傳記《約瑟夫．富歇：一個政治家的肖像》途中衍生的小說。在茨威格的文學創作坐標系中，自傳、他傳和虛構共同影響其作品的最終定型，在這三者的交互影響下，誕生了其具有無限閱讀與闡釋維度的作品宇宙。

以幽微人性，達成更深刻的批評

遺憾的是，在一百多年間，歐洲和中國的讀者對茨威格作品的所有解讀由於不同的原因和作品的原軸產生了一定的偏離。在德國和奧地利，茨威格一直是最受爭議和批評的作家之一。和中國讀者的傳統想像不同，茨威格本人並沒有因為猶太血統和反戰立場而備受尊崇；相反，許多著名作家曾經公開對茨威格表示過厭惡和蔑視。

二十世紀二〇年代，在德奧文化界曾捲起過一股「茨威格抨擊潮」，代表人物偏偏是當時奧地利文壇的三位頂級作家——卡爾．克勞斯、胡戈．馮．霍夫曼斯塔爾、羅伯特．穆齊爾。克勞斯批評茨威格的作品逃脫不了哈布斯堡王朝的懷舊烙印，沉浸於用煽情的故事討好諸國讀者，無視德語文學的真正時代精神：「茨威格先生精通世界上所有的語言——除了德語。」穆齊爾厭惡茨威格的外交手腕和做派：「他喜歡周遊列國，享受各國部長的接待，不停地巡迴演講，在外國宣揚人道主義，他是所謂的國家精神的業務代理人。」霍夫曼斯塔爾一直不承認茨威格戲劇作品的價值，在薩爾茲堡戲劇節的審核中多次親自把茨威格的劇作剔除。

在茨威格生活的時代，他遭受了種種責難和非議。他的一生都在不停地旅行，並熱衷於和各種作家、名人、外交官建立關係；他被作家同僚諷刺為「漂泊的薩爾茲堡人」，到處出席作家協會和筆會的活動，在各種慶典上發表演說，在美國和南美巡迴演講；和他熱衷外交和宣傳自己作品的做派相反，茨威格本人在一生中從未加入任何政治陣營，也沒明確表達過反法西斯的意向，哪怕在流亡時期，他也未曾公開或者在作品中表達過任何支持猶太人和反對納粹德國的意向。一直保持沉默和疏離的茨威格受到了其他流亡作家的非難；他的自傳《昨日世界》出版後並沒有像今天這樣受到推崇，而是招來了一片罵聲。諾獎得主、德國作家托瑪斯・曼說這部作品「可悲又可笑，幼稚至極」，因為茨威格在書中規避了時代和政治，甚至煽動民眾主動回避與納粹相關的問題；德國思想家漢娜・鄂蘭毫不留情地指責茨威格「無知到嚇人，純潔到可怕」，因為他居然「在這部堂而皇之的傳記中還用假大空的和平主義套話來談論一戰，自欺欺人地把一九二四至一九三三年之間充滿危機的過渡期視為回歸日常的契機」。

誠然，茨威格對政治的疏離和寫作的方式為他在歐洲招致了長達幾十年的罵名。然而，從另一個角度看，茨威格是二十世紀罕見的、真正具有世界主義情懷的作家。他作為擁有百萬銷量的作家和熱愛文化事業的旅行者活躍在國際文學界，跨越了語言和種族的障礙，積極地通過各種刊物和譯著為德奧居民傳播先進的文學文化（比如通過他的努力，比利時作家維爾哈倫在德國獲得關注），而且還參與建立了今日的國際筆會。同時，通過他的大量不受國別限制的文學與傳記作品，茨威格在某種程度上促成了歐洲文化的一體化，從而間接對抗了納粹所代表的右翼思想和極端民族主義。事實上，和茨威格曾經為其寫過傳記的伊拉斯謨一樣，茨威格本人規避政治並非因為怯懦和自欺欺人；和〈重負〉中的費迪南一樣，他已經清楚意識到戰爭機器的殘酷，然而他選擇了用另一種方式表達自己的抵抗，那就是通過寫作，通過一種謹慎的審視，一種精神上的文化統一體的理念，一種不受限制的文學世界主義。與通過政治立場的作秀來彰顯反戰精神相比，茨威格更擅長通過對人性幽微的洞燭來展示世界的狀態，從而達成一種更深刻的批評。與大多數同時期的作家不同，茨威格的小說作品一直聚焦人物纖毫的內心，挖掘其中的無限，從而在另一層面上通過人類的執念和受限的方式來展示歷史對個體命運和自由的束縛。〈西洋棋的故事〉何嘗不是一個抨擊納粹暴政的故事呢？在B博士最終的自我作戰與對弈幻覺中，破壞的機制已經成型，若不是命運的眷顧，他可能不只是一個受害者，甚至會成為殺戮機器中的一個零件。

今時今日，茨威格的作品和人生在歐洲引起了越來越多的反思和關注。二〇一六年，德國導演瑪麗亞·施拉德根據茨威格生平改編的電影《黎明前》聚焦茨威格和妻子在自殺前的最後日子，試圖讓他們悲劇性的決定變得可以理解；名導韋斯·安德森二〇一四年入圍柏林電影節的電影《歡迎來到布達佩斯大飯店》，其靈感也來源於茨威格的自傳《昨日世界》，並擷取了〈一個女人一生中的二十四小時〉和《焦灼之心》等作品中的片段。可見在我們的時代，越來越多的人嘗試從新的角度理解茨威格，理解他小說世界裡的束縛與無限，理解他作品中的人性幽微處，理解他的文化世界主義，還有他對一個逝去的歐洲的幻夢。

不受時代與國別限制的雋永魅力

早在二十世紀初，幾乎和歐洲同步，中國便已引進了茨威格的作品。一九二五年，中國學者楊人楩在《民鐸》雜誌上撰文〈羅曼．羅蘭〉，並提到了「刺外格」（茨威格）一名。三年後，茨威格的傳記《羅曼．羅蘭》在商務印書館出版，由楊人楩翻譯，茨威格的作品自此為中國讀者所熟知。二十世紀八〇年代，國內掀起了一場「茨威格熱」，他的小說、傳記、劇本和散文成了國內德語文學譯介的主流，並讓佛洛伊德的精神分析和維也納現代派等德奧文學文化潮流在國內日益深入人心。此外，他的小說在國內還被多次改編成舞臺劇和電影。茨威格在中國掀起的閱讀熱潮在德語作家中可謂前所未有，甚至在歐洲，《維也納日報》等主流媒體也對其作品在中國的影響力之大表示震驚。和茨威格同時代的其他奧地利大作家，如卡爾．克勞斯和約瑟夫．羅特等人，其作品在中國的翻譯和推介要滯後半個世紀甚至一百年，這一方面是因為中國國情，另一方面也從接受史的角度證明了茨威格作品具有不受時代和國別限制的雋永魅力。

二〇一九年，我在德國柏林攻讀博士之際，受作家榜的邀請，接受了茨威格中短篇小說集新譯本的翻譯工作。該小說集精選了茨威格創作生涯中最具代表性和影響力的名篇：既有來自其三部最具代表性的小說集——《初次經歷：兒童國的四個故事》、《馬來狂人：關於激情的故事集》和《情感的迷惘》中的作品，也有一些在報紙雜誌上單獨發表的優秀篇目，如〈看不見的珍藏〉和〈重負〉。所翻譯的原文主要來自兩部奧地利出版的茨威格小說最新編注版本——維也納佐爾奈出版社的《最初的夢》和《情感的迷惘》；此外，〈里昂的婚禮〉參照的是德國費舍爾出版社的《茨威格小說三篇》（一九八五年第一版）；〈西洋棋的故事〉則參照德國費舍爾出版社的同名單行本（一九八八年第一版）。非常巧合的是，我接受委託之前所住的公寓，恰恰位於布蘭登堡州馬婁市內一條名為「史蒂芬．茨威格大街」的街道上。誠然，茨威格的盛名很難和馬婁這座郊區的小鎮有什麼直接的聯繫；不過，就算在人煙稀少的小鎮裡，也能在路牌上見到茨威格的名字，這不正好佐證了茨威格作品永恆的價值？作為一個真正的世界主義者，他從未讓自己的故事囿於任何一個地方和情景，而總是通過探索人物內心的深淵，來建築自己獨具一格的小說宇宙。這種「受限」和「創造」之間看似矛盾、實則共生的關係，既是他作品的終極定義，也是他人生的寫照。

二十多年前，我還在一座破敗的縣城小學裡上學，在學校門前的書攤上買到了我的第一本茨威格小說，懷著好奇又激動的心情讀了〈一位陌生女子的來信〉。這篇小說的一字一句都在我心裡留下了難以磨滅的印象，並一直伴隨我度過了最孤獨的中學時代，影響了我在上大學之際的專業選擇。可以說，茨威格的書改寫了我人生的路徑。在茨威格一百四十周年誕辰之際，我有幸完成了全書的翻譯。此前，茨威格的中短篇小說集已經有了諸多經典的、膾炙人口的譯本，我自然不敢誇口拙譯會更勝一籌。然而在以往的版本中的確存在風格和敘事不統一的地方，比如對茨威格句式結構和遣詞造句的簡化——讀過德語原文的讀者都會被茨威格那繁複又纖細的文筆折服，都會為其句子的綿長和複雜而讚歎，那是一種只有後哈布斯堡時代的作家才會有的紛繁繾綣的風格，要是為了淺顯易懂而把句式拆解甚至口語化，恐怕有違譯文信達的原則。我試圖在原作者的風格和讀者閱讀的流暢感之間達到一種平衡，並恢復茨威格作品中那種在經典譯本中部分散失的原始節奏。由於翻譯時限和編輯版本存在差異（比如不同版本差異較大的〈日內瓦湖畔插曲〉），譯文中的紕漏和不當之處懇請各位讀者批評指正。

杨植钧

於德國布蘭肯費爾德—馬婁

二〇二一年十二月

一個女人一生中的二十四小時

戰前十年，在我當時下榻的一所位於里維拉海濱的旅館餐廳裡，曾爆發過一次激烈的爭論。出人意料的是，爭論很快就演變成狂暴的唇槍舌劍，險些以憎恨和辱罵收尾。世上的人，大多麻木不仁，缺乏想像力。無關痛癢的事，他們不會煽風點火；但如果眼下的事觸犯到他們哪怕一絲半點個人情感，他們就會怒不可遏、順勢澆油。在這種情況下，大家會一掃平日裡事不關己的態度，代之以誇張又不合時宜的暴虐。

我們這個餐廳裡坐在同桌的中產階級小圈子，恰恰就陷入過一次這樣的爭吵。平日裡，我們總是友善地寒暄，或是開些無傷大雅的玩笑，吃完飯後就各奔東西，那對德國夫婦去踏青和拍照，那個肥胖的丹麥人百無聊賴地去釣魚，那位英國貴婦去看她的書，那對義大利夫婦去蒙地卡羅玩。而我呢，則坐在花園裡無所事事，又或者去工作一會兒。不過，在爆發爭吵的那天，我們所有人都針鋒相對，你不讓我我不讓你；要是有誰突然從桌邊站起身來，那可不是像平日那樣要彬彬有禮地告辭，而是要把怒火噴向在座的其他人，正如我剛才所說的那樣，準備激烈地為自己爭辯。

打破我們小圈子一貫平和的事件，本身就已經夠離奇。我們七人住的那家膳宿旅館，表面上是一幢與世隔絕的別墅。啊，從旅館房間的窗戶看出去，能見到美不勝收、礁石嶙峋的海濱！不過，它其實是那家金碧輝煌的宮廷飯店的一棟比較廉價的附屬建築而已，而且和那個飯店透過一個共有的花園連接起來，所以我們和宮廷飯店的那些住客平日裡一直都有來往。就在前一天，這家飯店傳出了一樁不折不扣的醜聞。

當天十二點二十分的時候（我不能不告知各位讀者這個精確的時間，因為它無論對這個插曲還是對我們後來爭吵的主題來說，都至關重要），一位年輕的法國男子乘著正午列車到來，並在飯店裡一個朝向海濱、可以遠眺大海的房間裡住下了，這件事本身就意味著他大有來頭。不過，不論是其無可挑剔的優雅氣質，還是他那不同凡響、讓人心生好感的英俊外表，都讓這位年輕人處處受人矚目、惹人憐愛。宛如少女的細長臉龐，感性溫熱的雙唇和上方的絲綢般泛金的髭鬚，白皙的額頭上那輕軟微鬈的棕色劉海，還有能用目光愛撫別人的溫柔雙瞳——他臉上的一切都那麼柔美、撩人、可愛，帶著只屬於他自己的氣質，又毫無造作雕飾的痕跡。

從遠處看，他給人的第一眼總讓人想起大型服裝店櫥窗裡的那種肉色蠟像，它們握著手杖，非常高雅，用來展示理想中的男性美，然而只要湊近了看，那種紈絝子弟特有的印象又會消失無蹤，因為在他身上——非常罕見——沒有任何雕琢整飭的人工感，只有與生俱來、純屬天然的可愛與迷人。他向每個遇到的人致意，既謙虛又真誠；他身上的優雅總在每一個小動作裡舒展流淌，讓人賞心悅目。每當有位女士往衣帽間走去，他總是搶在前頭，幫她把大衣取下來，而對每個小孩子，他總是和顏悅色，有時會說上一兩句逗趣的話，給人熱情開朗又禮貌得體的印象。總而言之，他看起來就屬於那種幸運兒，相信自己能用明媚的臉龐與青春活力取悅身邊的人，並在反覆試驗之後，把這種確信轉變成駕輕就熟的優雅。對大多數年老體弱的房客來說，他的存在就好比天賜之恩；他青春貌美，昂首闊步，盡情展示輕盈清新的風度，和身邊的人共用自己的優雅，因此不可避免地奪取了所有人的心。剛到飯店不過兩小時，他就已經和那個來自里昂的胖工廠老闆的兩位千金打起了網球，她們是十二歲的安妮特和十三歲的布朗琪，而她們的母親、溫柔高雅又格外靦腆的亨莉埃特夫人，則在一旁微笑地看著她兩個年輕的女兒和這位來路不明的年輕人打情罵俏，彷彿出自本能那樣自然。

當晚，他湊到我們的牌桌邊來，洋洋灑灑地講了一小時各種有意思的軼事，然後又和亨莉埃特夫人到露臺上散步去了，這位夫人拋下了她的丈夫，他還像往常一樣和一位生意上有來往的朋友玩多米諾；稍晚點的時候，我還看到他和飯店的女祕書在昏暗的辦公室裡可疑地談著什麼。

翌日早上，他陪我那位丹麥朋友去釣魚，在這方面展示了驚人的學識，之後還久久地和里昂的工廠老闆聊政治，從胖工廠老闆那蓋過海浪的笑聲來看，這位年輕人顯然不乏風趣幽默。飯後——我把每時每刻發生的事件交代得這麼清楚，因為它們對理解整個故事至關重要——他又和亨莉埃特夫人坐在花園裡喝了一小時黑咖啡，然後去和她的兩個女兒打球，還和那對德國夫婦在大廳裡閒話了一下家常。晚上六點的時候，我正要去寄一封信，卻在火車站附近遇見了他。他匆匆忙忙地向我解釋說他要失陪一陣子，因為突然接到了離開此地去辦事的通知，兩天後會回來，說罷便繼續趕路了。當晚吃飯的時候，他人雖然不在，卻依然是眾人聊天的唯一話題，沒人不對他那溫文得體、活潑爽朗的風度讚不絕口。

夜裡，大概十一點的時候，我正在房間裡想把一本書讀完，卻突然聽見窗外傳來叫喊聲，對面飯店裡顯然發生了騷動。更多是因為好奇而非忐忑，我走了五十步來到對面，只見人頭攢動，房客和服務生都局促不安、亂作一團。亨莉埃特夫人原本像往常一樣，在她丈夫和來自那慕爾[1]的朋友玩多米諾的時候沿著海邊露臺散步，可是今晚她卻沒有回來，恐怕是出了什麼意外。肥胖的工廠老闆像頭牛一樣往海邊衝去，邊跑邊大喊著：「亨莉埃特！亨莉埃特！」聲音都因為不安而扭曲了。在夜晚的海邊，這叫聲聽起來異常驚悚，彷彿來自遠古世界的一頭瀕死巨獸。飯店侍者焦慮地跑上跑下，叫醒所有客人，還報了警。在此期間，那個肥胖的男人還在踉踉蹌蹌地跑著，衣冠不整，上氣不接下氣，無望地對著黑夜叫喚：「亨莉埃特！亨莉埃特！」他的兩個孩子也醒了，穿著睡衣，對著窗外大聲叫著母親的名字，於是父親只好又跑上樓去安撫她們。

接下來發生的事是那麼駭人聽聞，要複述一遍幾乎不可能，因為在情感限度無法承受的瞬間，狂風驟雨般的事件刻在人類腦海的只有一個極其悲愴的印象，以至於沒有任何圖像或者文字能用同等的閃電般速度將其再現。那個肥碩無比的男人突然臉色大變，疲憊又陰沉地從咿呀作響的樓梯上走下來。他手中拿著一封信。「您把所有人都叫回來！」他用剛好能聽清楚的聲音對飯店主管說，「請您叫各位回來，不用再找了。我的妻子拋棄了我。」

這是一個瀕死男人的鎮定，一種超越凡人的自制，在他面前是一群先前好奇地望向他，現在卻突然驚恐、羞恥、迷惑地從他身上移開目光的人。他竭盡最後的一點點氣力，步履不穩地從我們身邊走過，沒有看身邊的人一眼，直接走到書房裡把燈擰滅；然後我們聽到他那沉重的身軀倒在扶手椅裡的聲音，聽到一種野性的猛獸般啜泣——只有從未哭過的男人才會這樣哭泣。

1 那慕爾：比利時中南部城市。

他那刻骨的痛楚馬上攫住了在場每個人，狂暴得令人眩暈，哪怕最與之無關的人也不得不為之震動。沒有一個侍者，沒有一個因為好奇心而溜過來的客人此刻敢微微一笑或者說出一個表示遺憾的詞。默然無聲，因為見證了這讓人粉身碎骨的情感爆發而羞恥不已，我們一個接一個地回到自己的房間裡，留下那個被不幸擊倒的男人躲在漆黑的房間角落裡，孤苦伶仃，獨自啜泣。包裹著他的是這幢竊竊私語的房子，它低聲細語，呢喃不止，緩緩地走向瓦解。

可以理解，這樣一樁突如其來、直擊人心的事件為什麼會惹惱那些平日裡無所事事的人。我們桌邊的爭論總是突然爆發，然後把所有人逼到要動武的邊緣，雖然這些爭吵的起點是那樁駭人的事件，不過後來證明，它本質上更像是各種不同的人生觀之間的角力，也是一場對生活態度的基本探討。一個女傭偷看了那封信——當時，精神崩潰的丈夫把讀完的信揉成一團，隨手扔到了地上——然後不慎說漏嘴，將信的內容傳得人盡皆知。亨莉埃特夫人並不是一個人，而是和那個法國年輕人一起私奔了（在座大多數人對他的好感立馬被敗得一乾二淨）。第一眼看來，這位小包法利夫人會拋棄她那個肥頭大耳、土裡土氣的丈夫而投入一個英俊小生的懷抱，也是可以理解之事。不過讓人震驚的是，這位道德上無可挑剔的三十三歲貴婦，和一個剛認識的年輕男子只是晚飯後在露臺上聊了兩小時天，在花園裡喝了一小時咖啡，就對其投懷送抱，甚至拋夫棄女，把命運隨便交給這個花花公子。

這恐怕不僅僅是工廠老闆和他的女兒，甚至連亨莉埃特夫人自己也無法想像的風流韻事吧。

一番討論之後，眾人一致認為，所謂「相識不久」只是一對小情人用來騙人的幌子罷了：亨莉埃特夫人和那個年輕人肯定老早就認識了，那個誘惑者這次到她下榻的飯店來是為了商討私奔的最後細節，否則——他們的結論是——一位道德高尚的貴婦在兩小時之後就被一個剛認識的陌生人騙走了，這怎麼可能呢？此刻，我卻執意提出不同的看法，彷彿能從中得到樂趣一樣：一個女人，長年累月和自己不愛的男人捆綁在一起，過著無聊又令人沮喪的婚後生活，其實心裡可能早就做好了隨他人而去的準備。因為我提出的異議，在座的人馬上就把這件事套用到自己身上，尤其是那對德國夫婦和那對義大利夫婦，他們都覺得所謂的一見鍾情極其愚蠢，只是某些下三爛小說裡的幻想罷了；他們對我很是蔑視，幾乎用侮辱的口氣否定了我提出的可能性。

當然，對於在上湯和甜點之間爆發的這場激烈爭論，沒有必要抓住各種細節不放。只有那些慣吃定餐的高雅之士才會說出值得一提的妙語，我們這些人情急之下所能找到的都是些老生常談的論據，畢竟在一次偶然爆發的爭吵之中，大家總會抓住任何一根救命稻草。難以解釋的是，為什麼我們的爭論這麼快就落到要互相羞辱的地步。

導火線應該是，那兩個丈夫不由自主地想知道，自己的妻子是不是也會陷入和亨莉埃特夫人相同的危險處境裡；可惜兩位夫人找不到更好的回答，只能一味和我針鋒相對，對我說，我對女性心理的評判太過膚淺，和那些在調情中偶然得手的單身漢毫無二致。這話已經讓我有幾分火了，這時那位德國夫人還好為人師，火上澆油。她說，世界上啊，有兩種女人，一種是真實的女人，另一種則是「天生的娼妓」，亨莉埃特夫人毫無疑問屬於第二種。這話一出，我再也受不了了，於是變得咄咄逼人起來。我說，你們之所以拒絕接受這樣一個顯而易見的事實，拒絕認為一個女人在她一生中的某些時刻會臣服於意志和認知無法掌控的神祕力量，那是因為你們自己也在害怕，你們害怕自己的本能，害怕會在某一天臣服於自己內心的惡魔；有些人站在道德的制高點，覺得自己不會輕易受誘，覺得自己更強大、更正派、更純潔，這樣想會讓他們內心好受一點。我本人卻認為，一個順從自己的本能和激情的女人，比那些和丈夫同床異夢、滿口謊言的女人要真實多了。

我大致上就說了這樣的話，在爭吵白熱化之時，他們越是全力詆毀可憐的亨莉埃特夫人，我就越努力去維護她（事實上這遠遠超出了我自己內心的本意）。正如大學生常說的那樣，我的激動對那兩對夫婦來說可謂「下了戰書」，他們此時齊齊唱起雙簧來，齊心協力對我發起進攻，以至於那個一直滿臉平和、像拿著碼錶的足球裁判一樣端坐在那裡的丹麥老先生也看不下去了，於是他時不時地用指節敲敲飯桌：「好了好了，各位先生。」不過這只是將戰火暫息了幾秒鐘。一位先生三番五次氣急敗壞地從桌旁站起來想動手，又被他的夫人勸住了——總而言之，哪怕再持續幾分鐘，我們就要大動干戈，這時，就像一滴潤滑油一樣，C夫人突然插話，平息了我們的怒火。

C夫人，一位白髮蒼蒼、高雅非凡的英國老貴婦，儼然我們這一桌的榮譽主席。她筆直地坐在她的位置上，面帶平和不變的友善，不發一語，但又總是興致勃勃地聆聽，光是她的存在就已經給人賞心悅目的印象：完美的鎮定、貴族的舉止，還有其散發的沉靜之光。儘管與每個人都保持著一定距離，她卻懂得怎麼藉由一顰一笑來傳達一種特別的善意，大多時候她都坐在花園裡看書，有時彈彈鋼琴，很少有人為伴，也不曾加入什麼熱烈的談話。她幾乎是無聲無息地存在著，卻又使所有人臣服於她特有的權力之下。所以，當她頭一回介入到談話中來，我們都覺得很難為情，因為我們方才實在是聒噪不止，有失體統。

在那個德國人憤怒地從桌邊跳起，然後又回到座位上的空檔裡，C夫人出人意料地抬起她那雙清澈的灰色眼睛，猶豫地看了我一眼，然後客觀明瞭地接過話頭，提出了自己的看法：「如果我沒理解錯的話，您是說，亨莉埃特夫人是完全無辜地被牽涉到一樁冒險之中？您的意思是，一個像亨莉埃特那樣的女人，可能在一個小時前還覺得出軌就像天方夜譚，與己無關？」

「是的，我正是此意，尊敬的夫人。」

「按您的說法，任何道德評判都是無效的了，任何傷風敗俗的行為都可以得到辯解。如果您真的認為，那些激情犯罪者[2]，正如法國人常說的那樣，算不上真正的罪犯，那我們要國家的司法體制又有何用？的確，司法是鐵面無私的——您則有副慈悲心腸，」她微笑著補充道，「您會願意在每一樁罪行裡面尋找激情，然後為其開脫。」

她述說的口吻明白無誤，但又帶著一種近乎快活的語氣，這使我大為感動，於是我也不自覺地模仿起她的口吻來，半是嚴肅半是揶揄：「國家的司法體制對這些事的評判當然比我嚴格得多；畢竟它要鐵面無私地維護普遍的道德秩序和行為規範，它的任務在於審判，而非辯解。不過，作為一個普通人，我不覺得我有必要站在國家司法機關的制高點審判別人，我更願意當一名辯護者。理解他人，而非審判他人，這對我來說更有樂趣。」

好一會兒，C夫人都用她那雙明亮的灰色眼睛上下打量我，想開口說話但又猶豫不決。我擔心她沒有聽懂我的回答，於是準備用英語複述一遍。這時，她突然又提出了新問題，帶著一種不同尋常的嚴肅，彷彿是在監考：「一個女人，拋棄她的丈夫和兩個孩子，就為了和一個她根本不知道值不值得愛的男人在一起，您難道不覺得這種行為無恥嗎？畢竟，她也不是什麼正值豆蔻年華的少女，而是兩個女兒的母親，應該為了孩子學會自尊自愛，您真的能為這樣一個女人草草犯下的失格行為辯解嗎？」

「我向您重複一遍，尊敬的夫人，」我固執己見地說，「我拒絕在這種情況下擔任審判者的角色。在您面前，我可以坦白地承認，我剛剛的說法是有點言過其實——這位可憐的亨莉埃特夫人當然不是什麼英雄，甚至算不上是為了愛情敢於冒險的人，當然更稱不上什麼情種[3]。根據我往日對她的印象，亨莉埃特夫人其實是一名平庸又懦弱的女子，她現在敢於順從自己的內心，這固然讓我心懷敬意，不過我對她更多的是遺憾和同情，因為她明早一覺醒來，甚至可能此時此刻就已經發現自己身處極度的不幸之中。她的行為固然魯莽，甚至愚蠢，可是絕非低賤下作，我始終覺得，無人有權去蔑視一個可憐的不幸女人。」

「您自己呢，您真的會對這個女人始終心懷敬意嗎？她前天還是一個和大家在一起的可尊可敬的貴婦，昨天則是一個跟野男人遠走高飛的女人，在這兩個人之間，您真的不作任何區分嗎？」

「不作。在我看來她們就是同一個人，完完全全是同一個人。」

「真的嗎？」她下意識地說了一句英語，這整個對話讓她格外著迷。沉思片刻之後，她再一次向我投來清澈的詢問目光。

2 原文為法語。
3 原文為法語。

「要是您明天，比如說在尼斯吧，遇到了亨莉埃特夫人，她正依偎在那個年輕人的懷裡，您還會跟她打招呼嗎？」

「當然。」

「您還會跟她說話嗎？」

「當然。」

「要是您——假設您已經結婚了，您會裝作什麼都沒發生那樣，把亨莉埃特夫人介紹給您的妻子認識嗎？」

「當然。」

「您真的會嗎？」她此刻又換回了英語，滿臉寫著難以置信。

「我當然會。」我同樣下意識地用英語回答她。

C夫人不吭聲了。她好像還在努力思索著什麼，這時她突然望向我，彷彿被自己的勇氣所震驚，脫口而出道：「我不知道我會不會像您那樣做。可能吧。」[4]她用一種英國人特有的自然和果敢結束了談話，站起身，向我友善地伸出手來。因為她的介入，我們的小圈子又恢復了往日的平和，我們心裡都在暗暗感謝C夫人，是她使得敵對的人之間最後還算禮貌地握手言歡，是她化解了我們之間那危險的張力，讓爭吵在小小的揶揄和玩笑話中落幕。

儘管爭吵結束得彬彬有禮，激起的怒火卻已經讓我們之間心存芥蒂。那對德國夫婦表現得非常克制，義大利夫婦則樂此不疲地在接下來的幾天裡問我，有沒有那位「親愛的亨莉埃特夫人」[5]的消息，譏諷之情溢於言表。哪怕我們之間再禮貌得體，此前交談的那種無拘無束和坦誠自然，也已經無可挽回地消失了。

不過，與那兩對夫婦的冷冷諷刺形成鮮明對比的是，C夫人在那次談話之後對我表現出了不加掩飾的友善。她平時非常內向，幾乎不會參與任何一場飯局之外的閒聊，然而如今一反常態，總是找機會在花園裡與我交談——這簡直算是一種獎賞，光是她那優雅絕倫、內斂深沉的氣場就已經使得我和她的交談帶有特殊的榮光。沒錯，老實說，我得承認，如果C夫人不是一位白髮蒼蒼的老太太的話，她毫不掩飾地到處找我聊天這件事肯定會讓我心旌搖盪。然而，每次我們聊天的話題總是不可避免地回到我們相識的出發點，也就是亨莉埃特夫人身上來：她好像從指責那個離經叛道、意志力薄弱的女人當中獲得了莫大的

4 原文為英語。
5 原文為義大利語。

樂趣。不過，每當我堅定地替那個感性的柔情女人辯護、對她表示同情時，C夫人又會很高興。她總是有意把我們的談話引到這個方向來，到最後連我自己也不知道該如何評判她那近乎怪癖的執著。

又過了五、六天，C夫人依然守口如瓶，不肯告訴我這個話題對她來說為何如此重要。直到有一天，我在散步時對她說，我在這裡待得差不多了，後天就要動身告辭。她聽說我要離開後，平日波瀾不驚的臉突然繃緊起來，海灰色的眼睛裡彷彿有烏雲掠過：「那太可惜了！我還有很多事想跟您說呢。」接下來她說話都慌慌張張，心不在焉，說明她心裡亂成一團，有什麼事死命揪住她不放。最後，她打破了我們之間的沉默，出乎意料地向我伸出手，彷彿自己也無法再忍受內心的波瀾了：「我覺得，我要告訴您的那些事，我現在說不清楚。我還是寫下來給您吧。」說罷，她邁著比平時迅疾的步子，朝飯店走去。

當晚，在晚飯開始前不久，我果真在我的房間見到了一封信，裡面是她那遒勁有力的字體。可惜我年輕時對待信件漫不經心，以至於現在已經無法原文複述，只能粗略講述她來信的內容。她詢問我，介不介意聽她講講自己生命中的一件事。這件事已屬遙遠的過去，與她現在的生活幾乎不再相干，卻一直在折磨她的內心。我後天即將離開，這使得她向我坦白也容易了一點。要是我不覺得她煩人，她想請求我抽出一個小時的空閒來，聽她講述這件事。

這封我在此只能複述個大概的信，確實讓我心醉神迷，光是用英語寫成，就已經使它充滿了高度的冷靜與堅毅。然而要回覆它實屬不易，我三易其稿，才寫好了一封給C夫人的回信：

能得到您此番信任，實在是莫大的榮譽。我答應您，只要您願意，就給您呈上我最真誠的答覆。誠然，我無法要求您講述超出您內心接受限度的事情。不過，如果決定了要講述，那就請您對我，也對您自己，全然坦白。請相信，對我來說，您的信任實屬殊榮。

我派人把回信送到她房間，翌日清晨，我便收到了答覆：

您說的完全有理，半真半假毫無價值，只有全然的坦白才有意義。我會竭盡全力，不向您，也不向我自己隱瞞任何細節。請您用完晚餐之後到我的房間裡來——我已經六十七歲了，無須擔心別人有什麼閒言閒語。在花園裡或者有人在旁邊的時候我真的無法開口直言。您要相信我，下決心講述這件事並不容易。

白天的時候，我們還在桌旁閒聊著各種無關緊要的事。不過在花園裡，她就滿臉惶惑地避開我，這既讓人尷尬又讓人感動，這個白髮蒼蒼的老婦人，居然像個嬌羞的少女一樣躲開我，逃進兩邊栽滿松樹的林蔭道裡。

當晚，在約好的時間，我敲了敲她的房門，門馬上就被打開了，C夫人的房間處在半明半暗的光線裡，唯有桌上的一盞檯燈，在迷濛的房間裡投下一道黃色的錐形光柱。C夫人落落大方地向我走來，請我在一把沙發椅上坐下，然後坐到我對面。我覺得，所有這些動作，其實都已經在她心裡演練了好多遍。儘管如此，在要開口的時候，她還是久久地一聲不吭，這是決心坦白一切之前的艱難沉默，違背她自己意志的沉默，如此凝重，我根本不敢說出哪怕一個字來打破它，因為我感覺到，她那不屈不撓的意志正在作最後的奮戰。房間下方不時傳來微弱的華爾滋樂聲的碎片，我緊張地聆聽著，彷彿是要減輕一點這沉默的重壓。C夫人自己好像也因為這不自然的沉默而難堪，這時，她突然站起身來，開始講述：

「第一句話，總是最難的。為了能徹底坦白，一清二楚地講述這件事，我已經準備了兩天兩夜，希望這次能順利講完。或許您無法理解，為什麼我要對一個陌生人傾吐衷腸，然而真的沒有任何一天、沒有任何一小時我不在想著這件事，您大可以相信我這個白髮蒼蒼的老婦人，我生命中的每分每秒都在凝視著那一點、凝視著那一天，這實在是讓人無法承受的重壓。我接下來要跟您訴說的這件事，只是一個女人長達六十七年的一生中的二十四小時而已，而我經常瘋狂自問，如果就一秒，如果就在一秒裡喪失理智，那將意味著什麼。可是，這個大家經常很不確定地稱之為『良心』的東西，我卻一直無法擺脫。直到聽見您實實在在地談論亨莉埃特夫人的事，我的腦海中才浮現一個念頭，或許，這一次，我終於可以下定決心，向某個人講述我生命裡的這一天，從此告別那毫無意義的回想和無休無止的自責。要是我不是英國新教徒，而是天主教徒的話，恐怕早就已經向神父懺悔，藉此把沉默轉化為語言，自己也獲得解脫——可惜這一安慰對我們來說並不可能，因此我今日想做一個特別的嘗試，那就是藉由向您訴說這件事，釋放自我。我知道，我所做的一切都非常怪異，不過您還是毫不猶豫地聽從了我的心願，為此我要向您表示謝意。

「我剛才跟您提過，我要說的只是我一生中的一天——拋開這一天不說，我的一生可謂無足輕重，也不會讓任何人感興趣。在我四十二歲前發生的一切，都規規矩矩，平淡無奇。我父母是蘇格蘭富庶的地主，我們擁有龐大的工廠和遼闊的租地，一直按照蘇格蘭貴族傳統來過日子，在倫敦人出門遊走歡慶的時節，我們卻在自己的農莊裡度過大部分時光。

「十八歲時，我在聚會上認識了我未來的丈夫，他是著名的R家族的次子，長達十年的時間都在印度服役。我們很快就結婚了，從此在我們自己的社交圈子裡過著無憂無慮的日子，每年有三個月在倫敦，三個月在農莊裡，剩下的時間便周遊列國，在義大利、西班牙和法國遊山玩水。我們的婚姻從未出現半絲裂縫，我們的兩個兒子也已長大成人。我四十歲的時候，丈夫突然病逝。他在熱帶服役時染上了肝病，短短兩週，我就失去了他。我們的長子有公務在身，年輕的那個還在上學，所以丈夫離我而去的時候，我一夜之間就被拋進了虛無；平日裡總是被熱情的眾人簇擁著，此刻的孤寂對我來說無異於可怖的折磨。在空空落落的家裡，每一件家具和物品都在提醒我失去愛人的劇痛，再多待一天我都會受不了。於是我決定，在接下來的幾年裡，只要我的兩個兒子尚未成家，我都要去四處旅行。

「事實上，從這一刻開始，我就覺得自己的人生失去了意義與價值。那個二十三年來和我朝夕相處、推心置腹的男人死了，而我的兩個兒子並不需要我，相反，我還擔心自己的陰沉和憂鬱會毀了他們的青春年華——我自己呢，則不再嚮往或渴望任何東西。一開始，我搬到了巴黎，在那裡百無聊賴，不是去逛街就是去博物館；但這座城市和它的居民對我來說是那麼陌生，我總是躲開人群，因為無法忍受他們看我穿著喪服時那彬彬有禮的憐憫眼神。這幾個月，我都像茨岡人一樣居無定所、感官麻木，對身邊的一切視若無睹，所以實在不知道該怎麼向您講述，我只知道，自己當時唯一想做的事，就是去死。儘管滿懷悲痛地渴望著死亡，我卻缺乏赴死的力量，甚至連加快這一進程都做不到。

「服喪的第二年，也就是在我四十二歲那年，為了擺脫這段毫無價值、難以承受的時光，我在三月偷偷地逃到了蒙地卡羅。老實說，這次出行是因為無聊，是為了擺脫那一股噁心得讓人生不如死的空虛，為了用外部的小小刺激和冒險把它填滿。我的內心越是冷漠，我就越是想去那些生機勃發的地方。對一個毫無冒險經驗的人來說，別人的激情和躁動就像戲劇或者音樂一樣，會匯入到他的精神世界裡去。

「所以，我經常出入當地的賭場。觀察賭徒的表情，看大喜大悲如何在他們臉上起起伏伏，而我置身事外、心如止水——這樣的體驗讓我著迷。此外，我丈夫生前雖說不太愛冒險，卻也是個不時出入賭場的人，我現在幾乎是帶著某種不自覺的虔誠去延續他往日的習慣。就在這裡，那比任何賭博都要激盪人心的二十四小時開始了，並將在接下來的幾十年裡，擾亂我命運的方向。

「午間，我和M公爵夫人、我家族的一個親戚，一起吃了飯。晚餐之後我覺得還有精神，暫且沒有睡意。於是我就去了賭場，在各個賭桌之間閒庭信步，用一種特別的方式觀察著那些簇擁在一起的賭徒，自己則不參與其中。我所說的『特別的方式』，指的是我丈夫生前教我的一個在賭場裡解悶的方法。之前，我看到的總是一些布滿皺紋的老女人的臉。她們往往已經在沙發裡坐了幾小時，才敢下一回注，這些狡猾的老手、這些在一群可疑人當中賭錢的娼妓。您知道，某些下三爛小說總把這些女人的小圈子描述得雍容華貴、優雅絕倫，儼然歐洲貴族，但事實上她們一點也不高雅，更不浪漫。此外，這家賭場在二十年前可比現在誘人多了——當時賭桌上滾來滾去的還不是籌碼，而是看得見摸得著的錢、沙沙作響的鈔票、閃閃發光的金幣、捲在一起的髒兮兮的五法郎紙幣；今時今日您能見到的就是，在一座新建的時髦又浮誇的賭場裡，一些滿臉俗氣的小市民觀光客，百無聊賴地揮霍著一個個看不出是多少錢的籌碼。我當時對那些千篇一律的撲克臉興趣寥寥，直到我那位熱衷於看手相的丈夫告訴了我一種特別的觀察方式，這樣比無所事事地站在那裡呆看更有趣、更刺激，那就是，不看賭徒的臉，只看他們搭在賭桌上的手，觀察那些手獨特的一舉一動。不知道您有沒有偶然親眼見過那些綠色的賭桌，一個綠色的方形，中間是一個好像喝醉了的球，在不同的數字之間歪歪扭扭地滾動，在圈起來的方形內部，鈔票、金幣、銀幣就像種子一樣從四面八方撒落，賭桌荷官拿著專用的耙竿，像鋒利的鐮刀那樣猛地一揮，錢就被收割了下來，或者被劃到勝利者的那邊。在這樣一種特定的視野中，賭徒雙手的動作就是唯一變化不定的要素——那些手為數眾多，在明晃晃的光線下蠕動，圍著綠色的桌邊，守望著，從各式各樣的衣服袖子裡探出來，像是準備一躍而起的猛獸，每一隻都有自己獨特的膚色和形狀，有些光光的，有些則戴著戒指和叮噹作響的手鍊，有些長滿了野獸般的毛，有些則光滑溼漉，像鰻魚一樣蚪曲，不過共同點是都緊繃著，並因為極度不耐煩而微微顫抖。

「我無意中聯想到賽馬場，那些情緒激動的馬被韁繩費力地套著，以防牠們在發出比賽信號之前就飛奔出去：那些馬顫抖個不停，高抬馬頭，弓起身子，看起來就和眼前那一雙雙手毫無二致。從這些手可以看出一切，從它們等待、攫取和停頓的方式可以瞭解它們主人的全部：占有欲強的人，雙手會曲成爪狀；揮霍無度的人，雙手比較鬆弛；精於盤算的人，雙手異常冷靜；被逼入絕境的人，手腕則會抖個不停。在伸手拿錢的那一瞬間能看出幾百種人的性格，只須觀察一下他們的手是猛地把錢抓住呢，還是緊張地把錢捏在手心裡，抑或是在分錢的時候疲憊地停在桌沿。人生如賭場，這可算是老生常談了；可是我要說的是，人生更像賭桌上的手。因為所有的賭徒，或者說幾乎所有賭徒，在賭博生涯中都學會了控制自己的面部表情——在領子上方，他們戴著無動於衷的冷酷面具——強迫自己把嘴角下彎，咬咬牙把激烈的情緒咽下去，抹掉眼裡的忐忑不安，把青筋暴突的面部肌肉捏成一副事不關己的高雅的撲克臉。不過，正是因為他們聚精會神地控制自己的臉——畢竟這是最容易洩露他們個性的部位——他們忘記了自己的雙手，忘記了他們身後正有人在靜靜觀察他們的手，並從中解讀出他們刻意打造的呆滯微笑和淡漠眼神後面所隱藏的訊息。

「他們的雙手厚顏無恥地把內心的祕密大白於眾。因為不可避免地，總有那麼一個時刻，所有那些努力自我克制、看起來已經睡著的手指會打破它們先前的優雅和慵懶：在那爆炸性的一瞬間，輪盤中的球落進一個標號的小槽裡，獲勝者的數字隨之被喚出，就在這一秒，這五百多雙手會不自覺地服從最原始的本能，做出帶有強烈個人色彩的動作。我從丈夫身上學到了獨特的伎倆，習慣了在賭場裡觀察賭客的雙手，對我而言，雙手情緒的大爆發總是出人意表，總能給人新鮮感，甚至比戲劇和音樂還要刺激。我無法向您一一描述，手的動作是多麼千變萬化，有些是像野獸一樣長著毛髮的虯曲手指，像蜘蛛捕食一樣把鈔票吞進去；有些是神經質的、顫巍巍的手指，指甲蒼白，幾乎不敢伸出去把錢抓住；有高貴的手，也有低下的手，有暴虐的手，也有羞怯的手，有奸猾的手，也有遲鈍的手——不過這些手都各有不同，因為每雙手都在表達一個獨特的生命，那四、五雙賭場工作人員的手則另當別論。他們的手就像機械，平白務實，公事公辦，帶著一種無動於衷的精準，在賭徒的鮮活的手面前，彷彿一開一合的鋼製計數器。然而，哪怕是這些清醒冷靜的手，在和它們那些充滿激情和狩獵欲的弟兄的強烈對比下，也獲得了自己的生命：它們儼然是穿著不同制服的警察，在騷動不安的人群中開路。

「這件事對我還有一種特別的吸引力，那就是，觀察了幾天之後，我已經記住了某些手，能認出那些手的行為習慣和激情；不出幾天，我就總能在人群中發現自己熟悉的手，並開始將之分為三六九等。有些給我好感，有些卻讓我厭惡；有些手因其貪婪和畸形而使我反感，我總會把目光從那些手那裡移開，就像目睹了什麼惡俗之事。每一隻新出現的手則使我好奇，給我新鮮感：我往往忘了看雙手上方的那些面孔，那些臉彷彿冷漠的社交面具，高高在上，緊緊地束在燕尾服白襯衫或者閃閃發亮的女衫的領子裡。

「那天晚上，我走進賭場，繞過兩張坐滿人的桌子，來到第三張前面，手中準備了一些賭注，此刻，我突然在一片靜默中聽見了不同尋常的聲音。這靜默源於那個小球在賭桌上兩個數字之間滾動不定的瞬間，這時，桌旁的人總會屏息靜氣，不發一語，沉默本身彷彿在隆隆作響。在這空檔中我聽見了一陣啪嗒咔嚓的聲音，就像骨折。我不由自主地朝對面望去。然後，我看見——內心震驚不已——兩隻手，兩隻從未見過的手，像兩頭狂怒的野獸在彼此交纏，垂死廝鬥，在緊張的搏擊中彷彿隨時會爆裂，指關節就像被夾碎的核桃一樣發出清脆的咔嗒聲。這是一雙罕見的俊美之手，頎長、清瘦、白皙，卻又肌肉緊繃——貝母色的黑桃形指甲溫柔地隆起，環繞著蒼白的指尖。

「我看了那雙手一整個晚上——幾乎是一動不動地盯著看，看著這雙超越凡塵、獨一無二的手——最讓我內心震驚又迷狂的，卻是那雙手的激情，它們那瘋狂激越的表達，那青筋暴突地扭在一起、彼此纏鬥的姿態。我馬上就知道，這個人，正在彙聚全身滿溢的能量，把激情壓制在手指上，以免自己被它炸得粉身碎骨。而此刻，那個球發出乾巴巴的隆響，終於滾進了其中一個槽盆裡，荷官隨之叫出中標的號碼，話音未落，那兩隻手突然就鬆開了彼此，彷彿兩頭被同一顆子彈擊穿的猛獸。它們垂落下來，筋疲力竭，幾乎垂死，彷彿被雷劈中，所傳達出的失落和絕望是那麼逼真，我幾乎無法用語言將其再現。因為在此前、在之後，我再也沒有見到過這樣的一雙手，它們上面的每塊肌肉都會說話，每個毛孔都滲出活生生的激情。在那一瞬間，它們有氣無力地癱在綠色的賭桌上，就像兩隻被拋上岸的水母，枯萎皺縮，已然死去。然後，那隻右手，突然弓起五指，疲憊不堪地用指尖站起身來，顫抖不已地往後退了一步，環視四周，搖搖晃晃地繞著圈，突然瘋狂地抓向一個籌碼，用拇指和食指的指尖把它像小輪子一樣轉來轉去。就在一瞬間，它再次像獵豹一樣弓起身子，把一個一百法郎的籌碼扔到，不，噴到賭桌的黑色投注區裡。說時遲那時快，一直一動不動、彷彿睡著了的左手，好像也被右手的激情所傳染，站起身來，移到，不，爬到它那隻剛剛扔完籌碼、此時筋疲力盡的右手兄弟那裡，兩隻手再次驚恐地抱在一起，用關節緊緊地嵌入彼此，就像打寒戰的牙齒一樣輕輕顫抖著上下咬緊，無聲地蹲伏在桌子的邊沿——不，不，我從來沒見過這樣一雙會說話的手，從來沒見過這樣一種充滿激情和張力的痙攣。它們氣喘吁吁、寒戰不已、驚恐狂亂地在桌邊等候著，在它們面前，拱形賭場裡的人來人往，嗡嗡作響的嘈雜聲，荷官叫號的聲音，還有那隻從高處拋出、正在鑲木的光滑的圓形籠子裡樂此不疲地滾動著的球——這一切的一切，這些從腦際嗡嗡穿梭而過的混亂繁複的印象，好像都被突然清空，不再存在了。我好像中了魔法，欲罷不能地盯著這兩隻前所未見的手。

「最後，我終於忍不住了，我無論如何都要看看，這雙具有魔力的手的主人是誰、長什麼樣子，然後，我心驚膽戰地——沒錯，心驚膽戰，因為我是多麼害怕這雙手！——順著他的袖子和他瘦削的肩膀往上看。這一看又把我嚇得渾身顫抖：他的臉，就像那雙手一樣，放蕩不羈、劍拔弩張，忍受著巨大的緊張不安，卻又不乏一種幾乎屬於女性的溫柔秀美。我從未見過這樣的一張臉，一張似乎從體內噴發出來、時刻沉湎自我的臉，此時我有了從容觀察它的大好機會，彷彿它是一個面具、一尊眼神空洞的雕塑。上面的眼睛好像中了魔咒，紋絲不動，烏黑透亮，儼然沒有生命的玻璃珠，長長睫毛下的瞳仁，映射著那個在輪盤桌上傻裡傻氣、不可一世地滾動著的桃花心木色圓球。

「我，從來沒有，我得再說一次，從來沒有見過這樣一張心急如焚又讓人心醉神迷的臉。這張臉屬於一個約莫二十四歲的年輕男子，瘦削、溫柔，略微狹長，充滿了表現力。和那雙手一樣，這張臉呈現的並非純粹的男子氣概，而更像是一個正在歡快玩耍的小男孩的臉——不過這些細節我是後來才注意到的，因為這張臉現在正受著貪欲和狂怒的折磨。狹長的嘴唇充滿熱望地微啟，露出半排牙齒，哪怕隔著十步遠的距離，也能看到那雙嘴唇像在高燒中一樣寒戰，半開的雙唇僵呆無力。被汗沾溼的額頭上貼著一綹淺金色的頭髮，往前垂著，彷彿要墜落而下，鼻翼隨著粗重的呼吸而不停來回顫抖，好似有一股細小的波浪在皮膚上面滑過。他身子前傾，無意識地把頭越湊越低，像是要被那個滾動不停的木球掀起的漩渦吸進去，這時我才明白他的雙手為什麼要痙攣不止地撐在桌沿上，因為只有這樣才能使得已經失去重心的身體維持平衡。我從來沒有——再說一遍——見過這樣一張被激情吞噬的臉，它就像野獸一樣，厚顏無恥，赤身裸體，往前突刺。而我，就一直這樣看著它——意亂神迷，被它的迷醉所牽引，正如它的目光被那顆滾來滾去的木球所吸附一樣。

「從這一刻起，我再也注意不到賭場裡的其他事物，我身邊的一切在這張噴湧出烈焰的面孔之前都突然黯淡失色，有整整一個小時，我都只盯著這個男人和他的一舉一動，其他人好像都不存在了。荷官把二十個金幣推到他手邊的時候，他貪婪的雙眼閃閃發光，原先痙攣著、捏成拳頭的手彷彿被炸散了，手指顫顫巍巍地張開來。就在這個瞬間，他的臉突然容光煥發，重獲青春，皺紋消散，目露喜色，顫抖不已往前傾的身體此刻也抬頭挺胸，明朗歡快——他就像一個打勝仗的騎士一樣瀟灑不已地坐在那裡，慶祝著自己的凱旋，手指得意又愛撫地彈著那些金幣，碰碰敲敲，在桌子上把金幣擰來轉去，叮鈴作響。最後，他又不安地把頭轉過去，掃視了一下綠色的賭桌，彷彿一隻用鼻子東聞西嗅尋找獵物蹤跡的小獵犬，然後猛地抓起一把金幣，扔到桌子的一角。之前那如坐針氈地守候獵物的情景馬上再現。他的雙唇再次顫顫巍巍地一開一合，彷彿有電流通過，他的雙手又緊張地扭纏在一起，他臉上那孩子氣的神情在貪婪的渴望背後消失無蹤，而變得心驚膽戰，直到最後爆炸般地墜入失望的深淵。隨著木球滾進沒有猜中的數字槽裡，他剛才還意氣風發的年輕的臉，瞬間就老了，儼如死灰，枯萎凋零，雙目呆滯，裡面的火光徹底熄滅了，這也就是一秒鐘的事。他輸了，有那麼幾秒鐘，他定定地，幾乎是癡呆地看著賭桌，好像不理解眼前發生的事；可是，隨著荷官那重新開賭的吆喝聲響起，他的手又抓向一把金幣。然而這次他不再有自信，而是猶猶豫豫地把錢放進一個號碼區裡，然後想了想，又換到另一個區，此時木球已經在滾動了，他突然拿起兩張皺巴巴的票子，用顫抖的手將之扔進同一個號碼區。

「就這樣來來回回，反反覆覆，沒有停頓地贏了又輸，輸了又贏，大概一個小時過去了，我大氣也不敢出地看著那張變化無窮、激情此起彼伏的臉，一秒也沒有把目光移開；我一直看著那雙有魔力的手，上面的每塊肌肉都能鮮活地展示一個男人那噴泉一樣分成各個層級的情緒起落。哪怕在劇院裡我也從未如此緊張地觀察過一位演員的臉；在這個年輕男人的臉上，光影交錯，色彩與情緒無休止地跌宕輪換。我從未像現在這樣，因為一個陌生人的激動不安而心醉神迷，就算在看話劇的時候我也從未像此刻一樣全心全意投入過。要是有人在這時見到我那眼睛眨也不眨地凝神細看的樣子，肯定會以為我被催眠了。其實我當時的狀態也和中了催眠術差不多——我全然麻木了，目光無法從那張神情起伏不定的臉上移開，而賭場裡其他的一切，光影也好、笑聲也好、眉目交接也好、人來人往也好，都只是像一片黃色的煙霧一樣縈繞著我，煙霧的中心只有他，只有他的臉、那萬火之火。我聽不見了，沒有感覺了，無論是身邊人群的推擠，還是那些像昆蟲觸角一樣伸出來扔錢拿錢的手，我都注意不到了；我看不見那個旋轉的木球，聽不見荷官的吆喝，一切恍若夢中，所發生的一切都映射在這雙像巨大透鏡一樣的手上，擾動不安，一覽無餘。那個球到底是進了紅區還是黑區，是在滾動還是已經停了，我都不用抬頭看輪盤。每一場賭注，每一次輸贏，每一次期待與失落，我都能在那張激情滿溢、被火焰撕裂的臉上看到。

「然而不久之後，那個可怕的時刻到來了——那個我一直暗暗恐懼著的時刻，就像快要到來的暴風雨一樣懸掛在心頭，轉瞬之間，把我的每一根神經扯斷。又是那個小圓球咔嗒作響、滾來滾去，兩百多人屏息靜氣的時刻，直到荷官的聲音響起——『〇區』，說罷，他就用耙竿忙不迭地把賭池裡所有叮噹作響的錢幣和沙沙作響的票子都扒攏在一起。這時，那個男人的雙手做了一個特別嚇人的動作，突然往空中伸去，像是要抓住什麼不存在的東西，然後重重地跌落在桌面上，死了。然而不一會兒，那雙手又活了過來，從桌上回到自己主人的身上，狂熱地，像野貓一樣沿著身體軀幹摸索，上下左右，一遇到口袋就迫不及待地鑽進去，看看還有沒有藏著什麼以前忘在那裡的錢幣。然而每次摸索都空手而歸，每次落空之後都會更狂熱地開始新一輪的、然而是徒勞的摸索，這時候輪盤又轉動了起來，新的賭局已經開始，銀幣叮噹響，椅子湊近前來，賭場裡充斥著千百種窸窣低迴的聲音。

「我顫抖不已，被恐懼所震懾：這一切的一切，我都能切身感受到，就好像那些在凌亂不堪的衣服口袋和皺褶裡摸索金幣的手指是我自己的。突然，坐在我對面的這個男人猛地站了起來，就好像某個身體不適、要站起來透透氣的人一樣；椅子砰的一聲朝後倒在地上。他對這一切視若無睹，也不理會那些滿臉驚愕地為他讓路的人，拖著笨重的腳步顫顫巍巍地離開了賭桌。

「我看著這一幕，身體像是僵住了，絲毫不能動彈。因為我馬上就明白了，這個男人要去哪裡：去死。這樣猛然站起來的人，不會回旅館去，不會去喝酒，不會去找女人，不會去坐火車，不會去過任何一種生活，而是直接墜入無底深淵。哪怕這個可怕的賭廳裡最冷漠無情的人也能猜到，這個男人無依無靠，既沒有家人或者親戚的資助，也沒有銀行存款，他失去的是他身上的最後一點錢，是他用性命孤注一擲的錢。而現在，他踉踉蹌蹌地要去另一個地方，無論去哪裡，這個地方都不會在人世間。我一直暗暗害怕這一刻的到來，從一開始就有種神奇的預感，對他而言，這場賭博涉及的不是輸贏，而是一種超越輸贏的東西。此刻我的預感就像黑色閃電一樣劈頭蓋臉地朝我襲來，我親眼看到他眼裡活人的氣息如何消逝，死神如何使這張方才還充滿活力的臉黯淡無光。剛才，他那鮮活的神情與手勢貫穿了我，我不得不用痙攣的雙手抵著桌子；而此刻，他突然站起身來，踉踉蹌蹌地離開了賭桌，這神態再次占據了我的全身，正如之前他那血脈僨張的樣子。這次，他是把我給拉了過去，我除了跟著他，沒有別的選擇，不管願不願意，我的雙腳已經動了起來。這一切都發生得無知無覺，我跟著他走並不是出於自己的意願，而只是就這樣發生了，我感覺不到自己，注意不到他人，跟著那個男人，穿過走廊走出了賭廳。

「他站在衣帽間，侍者給他遞來大衣。不過他的手臂已經不聽使喚了，熱心的侍者只好費力地幫他把衣服穿上，彷彿他已經殘廢。我見到，他無意識地把手伸進西裝背心的口袋裡，想找出一點給侍者的小費，卻兩手空空，什麼也沒找到。這時他才好像記起了一切，尷尬地對侍者支吾了一句什麼話，然後就和之前一樣，猛地朝前走去，像醉漢一樣踉踉蹌蹌地走下了賭場的樓梯，那個侍者起先滿眼蔑視，之後又帶著理解的微笑目送了他一會兒。

「他走路的樣子是那麼使人震動，我為自己直楞楞地看著而感到羞恥。我不由自主地把臉轉過去，心裡感到難為情，彷彿在劇院的聚光燈下看別人上演了一場絕望大戲——然而那不明不白的恐懼依舊驅使著我。我飛快地在衣帽間穿好衣服，腦海一片空白，無意識地、純粹出於本能，匆匆地跟在那個陌生人後面，走進了夜色。」

C夫人講到這裡，停了一會兒。她一動不動地坐在我對面，用自己特有的冷靜和客觀講述著這一切，幾乎沒有喘一口氣，只有那些已經在內心掂量了很久、把事情的來龍去脈理了又理的人才能如此侃侃而談。現在，她第一次停了下來，猶豫良久，然後突然把自己的故事丟到一旁，轉而問我：

「我之前答應過您，也承諾過我自己，」她開始緊張不安起來，「要把事情的所有細節如實相告。可是您也必須完全信任我的真誠，不要猜測在我的行為背後有什麼不可告人的動機。您可能會想，今時今日，我提起這些動機已經不覺羞恥了，可是事實真的不是如您猜測的那樣。我要強調的是，當時，我在大街上跟在這個已經崩潰的年輕男子身後，並不是因為我愛上了他——我幾乎沒有意識到他是個男人，其實，在我先生過世之後，我這個年逾四十的寡婦再也沒看過其他男人一眼。這種事，對我來說已經徹底結束了，這一點我必須要跟您強調，否則您就無法理解接下來發生的事對我來說有多麼可怕。當然，要找到一個能描述這種感情的詞也很難，到底是什麼心態使得我當時不可抗拒地跟著這個不幸的人呢？可能是好奇，不過更像是一種可怕的恐懼，或者說得準確一點，是對某種將要發生的可怕事件的恐懼，從我看見他的第一眼起，這種不祥的預感就如同雲霧一樣籠罩著這個年輕人。然而我完全無法分析或者解剖這種情感，因為它來得太快、太突然、太猛烈、太混亂——我當時所做的事很可能只是出於要拯救別人的本能，正如要把一個衝到馬路上向車輛跑去的小孩子拉回來一樣。或許我可以另舉一個例子來解釋。有些人，雖然自己不會游泳，可是在見到溺水者的時候依然會不顧一切地從橋上跳下。這是一種瞬間把人吸附住的魔力，就在他們有時間下決心做出這樣的無謂壯舉之前，一種意志力就已經把他們推了下去；我當時正是如此，無法考慮，無法三思，只是順從自己的意志，跟著那個不幸的人，從賭廳裡走到大門旁，然後走到了臺階上。

「我很確定，無論是您，還是隨便一個頭腦清醒地切身感受這一切的人，都無法抗拒這樣一種可怕的好奇心，因為，那個頂多二十四歲的年輕人，面容蒼老，醉醺醺的，全身垮掉一樣拖著腳步從臺階上緩緩蹭到大街上，還有什麼比這一幕更可怕的嗎？他一屁股坐在一張長椅上，就像個沉重的沙袋一樣。我再一次充滿恐懼地感覺到：這個人，完了。只有一個死人，或者一個全身肌肉壞死的人，才會這樣倒下去。頭顱垂著，靠在長椅的靠背上，雙臂無力地垂落，在黯淡的路燈光下每個路人都會以為這裡坐著一個剛剛被槍殺的人。就這樣——我無法解釋，為什麼這個幻想會突然在心裡覺醒，不過它是如此真實可感，讓人戰慄——沒錯，就像個舉槍自殺的人，我彷彿看到、確鑿無疑地看到，他的口袋裡有一把手槍，明天破曉的時候，人家會在這張或者另一張長椅上發現一具鮮血淋漓的屍體。他就像一顆墜落懸崖的石子，不抵谷底絕不會停，我從未見過人的身體能呈現出如此巨大的疲憊與絕望。

「現在，請您設身處地地想一想：我離這個一動不動、全然崩潰地坐在椅子上的男人只有二三十步遠。我一心想著要救他，卻不知道怎麼下手，另外我也有種因襲成習的羞怯，不敢跟一個大街上的陌生男人搭話。煤氣燈在烏雲密布的天空下閃爍不定，偶爾才會有一個人影匆匆走過，此刻已近午夜，我孤身一人，在公園裡陪著那個企圖自殺的人。有五次、十次，我振作起來朝他走去，可是羞恥感總在最後一刻把我拉回去，或許這退卻是出自本能，因為據聞墮落者會把那些過來救他的人一起拖進深淵——在猶豫之間我自己也清楚意識到現在這處境是多麼可笑、多麼無謂。然而我偏偏既不能搭話又不能退卻，既不能為他做點什麼又無法離他而去。我沒對您誇大其詞，當時我的確猶豫不決地在公園草地上來來回回走了將近一個小時，彷彿沒有盡頭的一個小時，看不見的大海那千百層微波細浪正一點一點消磨著時間；這個因絕望而粉身碎骨的男人，他的形象對我來說是如此震撼，要轉身離去根本不可能。

「儘管如此，我還是無法鼓起勇氣來對他說一個詞，更無法幫助他，這後半夜我很可能就像現在這樣站著消磨過去了，又或者我在最後一刻被自己那明智的自私所說服，轉身回家。沒錯，我當時幾乎已經下了決心，我，回家，他，繼續留在那裡，可悲地昏迷下去——然而就在此時上天幫我做了決定。開始下雨了。一整個晚上，海風都在把沉重而積滿水氣的春季雨雲聚攏在一起，用肺，或者用心就能感覺到黑壓壓的天空中風雨欲來——剛開始只是一滴雨水，突然就在海風的驅使下化成傾盆大雨。我下意識地躲到一個書報亭的屋簷下，雖然已經撐開了傘，裙子還是被狂風暴雨打得溼透。大雨劈劈啪啪落在地上，我的臉和雙手能感覺到濺起的冰冷泥水。

「就在此時，我看到——這是多麼可怕的一幕，哪怕二十多年後的今天回想起來，我的喉嚨也不禁哽咽——在傾盆大雨之中，那個不幸的人依然一動不動地坐在長椅上。雨水從屋簷上嘩嘩地流下來，城市那邊傳來馬車的隆隆聲，路人把大衣撐開舉在頭上，左衝右突地四處躲雨；凡是有生命的東西，此刻都怯生生地躲避著、逃跑著、尋求庇護，無論是人還是動物，四處都能感受到他們對飄潑飛濺的雨水的恐懼——只有這個人，這蜷縮在長椅上的漆黑一團，無動於衷。我先前跟您說過，這個男人天賦異稟，能夠藉由最微小的動作傳達最鮮活的情感；可是，在這個世界上，再也沒有什麼比他一動不動的樣子更能傳達出這樣徹底的自暴自棄、這活死人般的絕望、這令人震驚的無動於衷。這團大雨如注中沒有感覺、不再動彈的黑影，連站起身來避雨的力氣都沒有，它對自己的存在已經徹底漠然。沒有任何一位雕塑家或者詩人，米開朗基羅也好，但丁也好，能在我面前把人間慘狀描述得如此栩栩如生，只有這個人，這個任由自己被雨水沖刷、疲於尋求庇護的人，能做到。

「這使我最終下定了決心，我別無選擇。我一下子衝進大雨之中，來到那個渾身溼透的人面前，拚命地搖晃著他：『您快起來！』我架住了他的雙臂。我隱約感到他疲憊地抬頭看著我，身體掙扎著緩慢地動了起來，不過他並不明白眼前的一切。『您到這邊來！』

我再次扯了扯他溼透了的袖子，幾乎有點發火。這時他終於慢慢站了起來，搖搖晃晃，失魂落魄。『您想幹什麼？』他問道。我對這個問題居然答不上來，因為我也不知道自己要幹什麼：我只知道要幫他擺脫這冰冷的無動於衷，讓他不要毫無意義地、自殺一樣地靜坐在那裡。我沒有鬆手，一直拉著他的手臂，直到他毫無知覺地跟我來到一個販賣亭的旁邊，在那裡，狹窄的屋簷起碼能幫他遮擋一下狂風大雨。我完全不知道接下來該怎麼辦。除了把這個人拉到一片沒有風雨的屋簷下，我當時別無他求。

「我們就這樣站在那一小片沒有被雨水淋溼的地方，身後是販賣亭緊閉的櫥窗，前方是一道狹窄的屋簷，陰險而永不饜足的雨水隨著突然掀起的狂風不停地打溼我們的衣服，冰冷地抽打我們的臉。此情此景實在讓人無法忍受。我不該一直待在這個淋得溼漉漉的陌生人旁邊，可是我畢竟把他拉到了這個地方，總不能一言不發就離他而去吧。要有所行動才行，我一步一步地強迫自己保持清醒的頭腦。最好是叫一輛車子把他載回家，然後我也回自己家，明天醒來他會知道怎麼自救的。於是，我問了那個紋絲不動地站在我身邊、正抬頭看著夜空的男人一句：『您住哪裡？』

「『我……哪裡也不住……我傍晚的時候才從尼斯過來的……你不能去我家。』

「一開始我沒有聽懂最後那句話是什麼意思。後來我才明白，這個人把我當成了……妓女。他以為我是那種女人，夜裡在賭場晃來晃去，希望能從賭贏的人或者醉漢那裡騙到錢。不過也難怪，除了把我當作妓女，他又能把我當成別的什麼呢？此時我才發覺自己處境的荒唐──隨便接近一個陌生男人，把他從長椅上拉起來，拖到一旁避雨，正經女人絕不會做出這樣的事。但我當時並沒有想那麼多，只是在後來我才驚覺這個男人對我的可怕誤解。我當時甚至沒說出什麼話來澄清。我只是說了一句：『那您就該住到旅館裡去。這裡不宜久留。您得找個地方過夜。』

「但我馬上就察覺到了他對我那令人難堪的誤解，因為他說話的時候甚至沒有轉過頭來看我一眼，只是嘲諷地表示拒絕：『不用了，我不需要什麼旅館，我什麼也不需要。省省吧。你找錯人了，我沒有錢。』

「他這話說得實在可怕，冷漠得令人震驚；還有他那筋疲力盡、渾身溼透地斜倚在牆上的樣子，深深地觸動了我，我根本沒有時間因為他的侮辱而難過。從他踉踉蹌蹌地走出賭場的那一刻起我就知道，在這不真實的一個小時裡我一直知道，這個生機勃勃、會呼吸的年輕人，正打算結束自己的生命。我必須救他。我朝前走了一步。

「『您不要擔心錢的事，跟我來吧！您不能待在這裡，我會給您找個地方住。您什麼也不用擔心，來吧！』

「四周大雨如注，泥水嘩啦地飛濺到我們的腳上，這時我感到，他把頭轉了過來，在黑暗中第一次費力地想看清我的臉。他的身體彷彿也漸漸擺脫了麻木。

「『那好，隨你的便，』他最終同意了，『反正我都無所謂……何樂而不為呢？我們走吧。』我撐開傘，他走近來，挽住我的手臂。這突如其來的親密舉動使我不適，沒錯，簡直讓我驚愕，我靈魂的最深處都在驚顫。不過我不敢拒絕，因為如果我把他推開的話，他就會墜入深淵，那我先前的努力就全白費了。我們朝賭場的方向往回走了一段。現在我才意識到，我根本不知道拿他怎麼辦。最好是，我飛快地思考著，把他送到一家旅館，給他點錢，叮囑他睡個好覺，明天一早啟程回家，此外別無他法。賭場門口車水馬龍，我叫住一輛出租馬車，我們上了車。車夫問我要去哪裡，我一開始回答不上來。可是我突然想到，坐在我身邊的這個渾身溼透、蓬頭垢面的人，是不會有上等的飯店願意接收的。另一方面，作為在這方面毫無經驗的女人，我完全沒想過自己的話可能會引起猜疑，於是匆匆對車夫叫道：『去一間普通的旅館吧！』

「全身溼透的車夫表情漠然地驅馬上路了。我身旁的陌生男人不發一語，馬車輪子軲轆作響，雨水猛烈地抽打在車窗玻璃上；在這黯淡無光、棺材一樣的車廂裡坐著，我突然感覺自己是在和一具屍首同行。我試著找點話說，打破我們之間怪異又壓抑的沉默，可是腦海一片空白。幾分鐘後馬車停了，我先下車，付了車費，車夫幾乎是醉醺醺地幫我們搖了搖門鈴。現在我們就站在一家陌生的小旅館門前，上方是一道拱形的玻璃屋簷，擋住了一點飛濺而下的雨水，濃濃夜色彷彿被雨水那可怕單調的響聲撕成了縷縷流蘇。

「我身邊的陌生人好像承受不住自身的重量，不由自主地靠在旅館的外牆上，溼透的禮帽和皺巴巴的衣服一直在滴水。他就像一個被人從河裡救上來、尚未恢復意識的溺水者，靠在牆上的地方溼了一片，往下流的水快要匯成一條小溪。不過他完全不試著去抖乾身子，也不去理會那頂完全溼透的帽子，任憑雨水順著額頭和臉頰流下。他完全無動於衷地站在那裡，我無法向您描述我看到這一幕，心裡受到了多大的震動。

「不過，到此為止了。我從口袋裡掏出錢來，『您收下這五百法郎吧，』我說，『用來住一晚，明天一早啟程回尼斯。』

「他吃驚地抬頭看著我。

「『我在賭廳裡見過您，』見到他猶豫不定的樣子，我匆忙說道，『我知道，您把錢都輸光了，我怕您會做傻事。接受別人的幫助沒有什麼不好意思的……來吧，把錢拿去！』

「然而，他卻把我拿著錢的手推了回去，力氣大得超乎我的想像。『你是好人，』他說，『不過不要浪費錢了。我這種人不值得可憐。我今晚還睡不睡，根本無所謂。反正明天什麼都完了。我不值得你同情。』

「『不，您一定得收下，』我堅持道，『明天您會回心轉意的。您現在要做的就是上樓去，好好睡一覺，把一切忘掉。白天的時候您會發現一切如此不同。』

「然而他還是猛地把錢推了回去。『算了吧，』他又一次悶聲悶氣地說，『沒用的。我最好還是到外面去了結自己，免得旅館的人明天還要來清理房間裡的血跡。五百法郎根本幫不了我，哪怕一千法郎也不可能。你給我的錢我明天一定又會去賭個精光。為什麼還要重複一遍這樣的事呢？我受夠了。』

「您根本無法想像，他那萬念俱灰的樣子是如何穿透了我的靈魂；您設想一下：離您不到一步遠的地方站著一個漂亮有活力、還在呼吸的年輕人，而您知道，如果不竭盡全力去救他，這個會說話、會思考的年輕生命，兩小時後就會變成一具冰冷的屍體。當時我幾乎是憤怒地對抗他那毫無意義的垂死掙扎。我一把抓住他的雙臂：『請不要再胡思亂想了！您現在上樓去，好好睡一覺，我明天一早過來，把您送上回家的火車。您必須馬上離開這個地方，馬上回家，如果我不見到您拿著車票坐上火車，我是不會甘休的。您還年輕，不能因為輸了幾百或者幾千法郎就毀掉您那無價的生命。只有懦夫才會做這種事，這完全是意氣用事，任性妄為。明天一早您醒來的時候也會同意我的看法！』

「『明天?!』他用一種特別陰沉又諷刺的語氣重複了一遍這個詞，『明天?!你又怎麼會知道我明天人在哪裡？我也很好奇呢，要是我能知道自己明天在哪裡就好了。不用了，回家吧，小妹妹，別白費力氣了，把你的錢留給自己吧。』

「但我沒有屈服。我感到自己已經在暴怒或瘋狂的邊緣。我猛地抓住他的一隻手，把鈔票塞到裡面去。『把錢拿走，上樓睡覺！』說罷我就堅定地拉響了旅館的門鈴，『好了，我現在已經拉了門鈴，門房很快就會來，您會跟他上樓，躺下好好休息。明天早上九點我在旅館前面等您，把您送上火車。其餘的事您不用操心，我自有安排，為的是您能安全地回到家。您現在得去睡了，請好好休息，不要再胡思亂想！』

「這時，我聽到鑰匙在門裡轉動的聲音。門房來了。

「『你過來！』他突然怒吼道，用他的手指把我的手腕死死鉗住。我大吃一驚……我驚得渾身麻木，彷彿遭了雷劈，幾乎失去意識……我想反抗，想掙脫開……不過我的意志已經癱瘓……我……您明白，我……門房已經在那裡不耐煩地等著，我為自己和一個陌生男人拉拉扯扯感到羞恥。然後……然後我突然就站在了旅館裡；我想說話、想出聲，可是我的喉嚨好像被勒住了一樣……他用蠻力拉著我的手臂，幾乎像是命令……我模模糊糊地感覺到那隻手把我拉上了樓梯……鑰匙咔嗒轉動……突然，我發現自己和這個陌生男人待在一個旅館房間裡，那家旅館的名字我直到今天也不知道。」

C夫人再次停了下來，突然站起身。她說話的聲音好像已經不能自控。她走到窗邊，出神地看著外面幾分鐘，然後把額頭貼在冰冷的玻璃上。我當時沒有勇氣仔細打量她的神態，因為，觀察一位老婦人激動失神的樣子，是多麼使人難堪。於是我只好一動不動地坐著，不提問題，也不發評論，只是等著她，等她邁著冷靜的步伐回到我對面的位置上。

「好了，最難說的部分已經說出來了。我再次向您保證，我，以我心中最神聖的東西——也就是在我孩子面前的自尊——發誓，直到和他關在旅館房間裡的那一刻，我都沒有過和這個陌生男子……在一起的想法。我當時的確是不明就裡地、沒有意識地從日常的命運裡墜落到這個境地，我希望您相信我說的話。我向您發過誓，要對您，也對我自己全然真誠，所以我要再說一遍，除了那出自本能地要拯救他的意願，我真的是不知不覺、絕對不帶個人情感地捲入了這場可悲的冒險之中。

「當晚在旅館房間裡發生了什麼事，在您面前我就不再贅言；那天晚上和他度過的每一秒我都沒有忘記，也不想忘記。因為那天晚上我是在拯救一個人的生命，我重複一次：這是一場生死攸關的搏鬥。我的每一根神經都清楚無誤地感覺到，這個陌生人、這個半死不活的男子是如何竭盡一個瀕死之人的所有欲念與激情來抓住最後一根救命稻草的。他緊緊地抱著我，彷彿感到身下就是萬丈深淵。我則傾盡所有，只為了救他。這樣的時刻一個人一生可能只會經歷一次，而一百萬個人當中可能只會有一個人有機會經歷——如果沒有這個可怕的偶然，我可能永遠也不會知道，一個喪失所有的人會多麼熾熱而絕望地用狂野的欲望來吮吸每一滴鮮紅的生命，已經遠離塵世二十年的我永遠也不會知道，人的天性裡，炙熱與嚴寒，迷狂與絕望，生與死是如何在瞬息之間交織在一起。這一夜充滿了搏鬥與囈語、激情與惱恨、誓言和迷醉的淚水，似乎可以長存下去，直至千年，而我們兩個人，交纏著向無底深淵俯衝而下，一個人充滿了死亡的暴怒，另一個則始終不知不覺。從這一夜的致命漩渦中逃離之後，我們已經不是先前的那兩個人了，我們已經脫胎換骨，獲得了新的知覺與感情。

「不過，我不想對您細說這一夜發生的事。我不能，也不願意細說。我只能跟您描述一下第二天早上我醒來時，那情感決堤的一瞬間。我從沉重如鉛的睡眠中醒來，從那個我從未見識過的夜的深谷中逃出來。我花了很長時間才把眼睛睜開，見到的第一樣東西是一塊陌生的天花板，然後是一個全然陌生的醜陋房間，我已經不記得是怎麼進來的了。一開始我還安慰自己，是夢，是在做夢，是一個比現實還要明晰的夢而已，我正從它那裡掙脫開來，告別迷亂不堪的沉睡——然而，窗外那毫無疑問是來自現實世界的刺眼陽光、早晨的陽光，還有下面傳來的車水馬龍、人來人往的聲音知道我已經醒了。我下意識地從床上坐起來，努力回想昨晚發生的事，這時……我看了看旁邊……我見到——這種驚恐我永遠無法向您描述——在大床上，一個陌生男人正睡在我的身旁……陌生、半裸，我不認識的男人……

「不，這種驚恐，我知道，我永遠也不可能把它描述出來，它重重地砸在我的身上，我馬上垮了似的癱倒在床上。不過我並沒有暈厥，並沒有失去意識，恰恰相反，我以無法解釋的閃電般速度明白了眼前發生的一切，明白了自己為什麼會和一個陌生人睡在一家下三爛旅館裡一張陌生的床上。我當時心裡只有一個願望，就是能在這巨大的恥辱面前死去。我還清楚地記得，我的心停跳了，我屏住呼吸，彷彿能夠用這種方式結束自己的生命，抹殺自己的全部意識，這清晰得刺痛的意識，明白了一切，卻理解不了絲毫。

「我不知道我當時就這樣手腳冰冷地躺了多久，彷彿死人躺在棺材裡。我只知道，我閉上了眼睛，向主禱告，向上天禱告，這不是真的，這千萬不要是真的。可是我愈加清醒的意識卻時不時打斷我的自我欺騙，我聽見隔壁房間有人在說話、在洗漱、在走廊上走動，每個跡象都在無情印證著我那可怕的清醒。

「我無法說清楚這種可怕的狀態持續了多久，度過的每分每秒都處在另一個時空裡，不能用生命的尺度來衡量。突然，另一種恐懼，一種更可怖、更凶猛的恐懼攫住了我：躺在我身邊的這個不知道姓甚名誰的陌生人，現在可能會醒過來，和我說話。我馬上就意識到只有一條出路，在他醒來之前，穿好衣服，逃跑。不要再被他看到，不要再和他說話。趁現在還來得及，馬上自救，快走，走！走！走！回到自己的人生裡，回到自己住的飯店，坐下一班火車離開這個該死的地方，離開這個國家，再也不要看見他，再也不要遇到他。證人也好，原告也好，知情人也好，一筆勾銷。

「逃跑的想法令我頭暈目眩，我就像個小偷，躡手躡腳、小心翼翼地從床上爬下來（為了不驚醒他），拿起衣服。我大氣不敢出地穿著衣服，每一秒都因為他可能會醒來而嚇得發抖，不過馬上就好了，我已經穿戴整齊，只差帽子。帽子落在另一側的床腳，我踮著腳走到那裡，把它拎起來——就在這一瞬間，我實在控制不住自己：我看了一眼這個陌生男人的臉，這個像牆壁上的石子一樣落進我生命裡的男人。我只想看他一眼，然而……不可思議的是，這個正在酣睡的陌生年輕男子，他——此刻在我眼裡真的就是個陌生人。第一眼我幾乎沒認出是他，他昨天那張被激情驅使、因瀕死的暴怒而扭曲了的臉，全然消失了——我見到的是一張稚氣得像小男孩一樣散發著純淨和喜樂之光的臉蛋。昨天還猙獰地咬在一起的牙齒，此刻在夢中溫柔地鬆開，唇間帶著笑意；柔軟的金髮在光滑的額頭上垂落，休憩著的胸脯正隨著平靜的呼吸而微微起伏。

「您可能還記得，我先前說過，我在眾多賭徒之間從未見過一個人，能散發出如此強烈的貪婪與激情，像個罪犯一樣。現在我也要對您說，我從未見過——哪怕在那些像天使一樣散發著微光的孩子臉上也未曾見過——這樣一種純粹、明亮，而神聖的睡眠。在這張臉上，所有感情鮮活地凝聚為一，擺脫了所有內心的重負，被拯救了、解脫了，彷若身處天國。我震驚地打量著眼前的這個人，恐懼和驚悚就像一件沉沉的黑衣一樣從身上落下——我不再感到羞恥了，不，我幾乎感到快樂。那可怕而無法理解的一夜在我心裡突然獲得了意義，我很高興，也很驕傲地想到，這個溫柔又秀美的年輕人、這個像花朵一樣靜靜沉睡的年輕人，要是沒有我的犧牲，此刻可能已經倒地身死，鮮血淋漓，面容殘破，雙眼圓睜地躺在懸崖邊上：我救了他，他得救了。我現在幾乎是——我找不到其他說法——帶著慈母的目光看著這個沉睡者，這個被我救回來的人，他比我的親生孩子更讓我心疼。在這間隨便找的、讓人作嘔的下三爛旅館裡，我喜悅無比，哪怕舉目可見的只是陳舊油膩的破房間，我也像是身處教堂，見證了奇蹟與祝聖。我一生中最煎熬的時刻，懷著劇痛孕育了另一個充滿驚奇與迷醉的時刻。

「我是不是動作太大了，抑或我不經意地說了點什麼，我不知道。不過，突然，那個沉睡的男人睜開了眼睛。我嚇了一跳，往後退縮了幾步。他滿臉震驚地朝四周看看——正如我當初從夢境的可怖深淵和迷亂中掙扎著醒過來那樣。他的目光費力地掃視著這個陌生的房間，然後驚愕地落到我身上。不過，在他說話或者記起一切之前，我就已經做好了準備：不要讓他開口說話，不要讓他提任何問題，不要和他有親密接觸，不要再提起任何事，不要解釋，不要讓他想起昨晚。

「『我得走了，』我飛快地對他說道，『您留在這裡，穿好衣服。十二點，我在賭場門口等您，我會幫您打點好接下來的事。』

「就在他能開口說話之前，我倉皇而逃，只為了不要再看到那個房間。我頭也不回地飛奔出去，離開那家旅館，直到今天我也不知道它叫什麼，也不知道那個和我共度了一夜的陌生男子的姓名。」

C夫人中斷了她的講述。雖然只是喘一口氣的時間，可是她此前聲音裡的緊張與煎熬已經消失無蹤，就像一輛車子艱難地翻過山頭，之後便輕鬆地沿著下坡路飛奔，她此刻的講述也如釋重負，如行雲流水：

「就這樣，我沿著灑滿晨光的街道飛奔回飯店，此時已雨過天青，天空的雲靄一掃而光，折磨我的心頭大石也已落下。因為，如果您沒有忘記我先前對您說的話，我其實在我先生過世之後就徹底自暴自棄。我的孩子不需要我，我也不需要我自己，人生就像是個錯誤，沒有目標、沒有方向。而現在，毫無預料地我就獲得了一個新使命：我救了一個人，用盡全力把他從毀滅的邊緣拉了回來。還差最後一步，我就能完成這個使命。我跑回了飯店。門房吃驚地看著我，因為我早上九點才回來──不過我感覺不到絲毫的羞恥與憤怒，相反，我的心豁然開朗，我又找回了生存的意志，世界上還有人需要我，這種全新的感覺溢滿了我的每一根血管，溫暖著我的身體。回到房間以後，我飛快地換了衣服，不經意地（我後來才發現的）就把自己那身喪服脫下了，換了一身鮮亮的衣服，去銀行領錢，趕去火車站詢問了接下來去尼斯的車次；憑著一種我自己都覺得驚訝的果敢，我完成了一件又一件差事。到最後，我再也無事可做，除了把那位被命運拋棄的年輕人送上車，完成他最終的救贖。

「當然，要和他四目相對，還是非常艱難。畢竟昨天發生的事都不明不白，一切就像在漩渦裡打轉，我和他彷彿急流裡的兩顆石子，極其偶然地碰撞到彼此；我們當時甚至沒正眼看過對方，我不知道那個陌生人還能不能認出我。昨天的事只是機緣巧合，是兩個人在迷狂之際不可抗拒地走到了一起，今天則完全不一樣，我要在他面前袒露我自己，因為現在我要在光天化日之下，作為一個有血有肉的人，面對面地朝他走去。

「然而事情比我想像的要簡單得多。我剛在約定的時間走到賭場大門附近，有個年輕人就從一張長椅上躍起身——朝同一個方向奔來。他認出我時那驚喜的神情，是如此天然、稚氣，不帶雜質，充滿歡欣，正如他的每個動作，比話語更能傳達感情：他向我奔來，眼睛裡閃爍著感激與敬重的光芒，不過當那雙眼睛一遇上我的雙眼，就略帶疑惑又謙遜地低垂下來。我們真的很少能在別人身上見到這樣的感激之情，恰恰是那些心裡感恩的人會不知道怎麼表達才好，他們只是迷惘地沉默著，害羞地躲閃著，結結巴巴地掩藏著。然而，這個人，彷彿一尊神祕的雕塑，上帝慷慨地賜予了他鮮活又優美地表達全部感情的能力，以至於此刻的感激之情就像激情一樣從他身體內部噴湧而出。

「他牽起我的一隻手，微微彎下腰，謙恭地垂下他那線條頎長的、男孩子般的頭，充滿敬意、輕柔又綿長地親吻了我的手指，然後他後退一步，問我身體如何，令人感動地注視著我的雙眼。他說話是那麼得體，不一會兒我心裡最後的恐懼也消失無蹤了。彷彿要和此刻我們豁然開朗的感情應和，四周的景色也充滿了曼妙迷人的光彩：昨天還奔騰怒吼的大海，今日風平浪靜、水光瀲灩，細浪底下的每顆卵石都閃閃發光。就連那個罪惡的煉獄、那座賭場，現在也用摩爾人的神情抬頭觀望著綢緞般放晴的碧空。我們昨天避雨的那個小販賣亭，已經搖身一變成了一家花店，貨架上擺著琳琅滿目、五彩繽紛的花束，後面站著一個穿著七彩綢衫的賣花少女。

「我邀請他到一家小餐館吃午餐，這位陌生的年輕人在那裡向我講述了自己悲慘的冒險。他的故事證實了我的預感，自從在綠色賭桌上見到他那雙神經質地顫抖不已的手的那一刻起，我對他的猜想就從未出錯。他出身於一個奧屬波蘭貴族世家，家人要求他日後成為外交官。他在維也納上大學，一個月前剛以優異成績通過國家考試。他一直寄宿在舅舅家，這位時任國家參謀部高官的舅舅為了慶祝外甥考試順利，邀請他乘馬車到普拉特公園，兩人一起去賭馬。舅舅賭運絕佳，連贏三盤，他們用贏來的大捆鈔票去一家高檔餐廳吃了一頓山珍海味。第二天，這位未來的外交官又從父親手裡拿到一筆錢，作為通過考試的獎勵，這筆錢抵得上他平時一整個月的生活費；兩天前，這在他看來還是一筆鉅款，可是嘗到贏錢的甜頭之後，他對錢越發無所謂了。於是他吃飽喝足之後又去賭馬，瘋子一樣下注，最後——很難說這是幸運還是不幸——贏到三倍的錢，離開了普拉特公園。

「賭博的快感讓他欲罷不能，不僅賭馬，在俱樂部和咖啡館裡也賭，最終學業荒廢，光陰虛擲，精神錯亂，身無分文。他失去了思考能力，夜不能寐，無法自控；有一次，他在把所有錢輸光之後從俱樂部回到家裡，脫衣服的時候發現背心裡塞著一張皺巴巴的票子。他控制不住自己，又穿上衣服跑到外面四處亂轉，終於找到一家咖啡館裡有人在玩多米諾，於是和他們一起賭到天亮。他到處借高利貸，那些人一聽說他是某貴族的繼承人便馬上把錢借給他，結果他負債累累，最後還是靠已經嫁人的姊姊幫忙結清債務的。有時他會沉溺在贏錢的快慰之中——之後就急轉直下，他輸得越多，那些借錢給他、與他有債權關係或者他承諾定期還錢的人就越是貪婪地要從他身上榨出更多油水。他老早就把手錶和衣服都當了，最後，可怕的事情終於發生了：他從櫃子裡偷走了年邁的姑姑很少戴的一對珍珠耳釘。其中一只他拿去當了不少錢，當晚賭運來了，贏了四倍。可是，他並沒有用贏來的錢把耳釘贖回去，而是繼續賭，結果輸了個精光。在他動身來蒙地卡羅之前，偷耳釘的事還沒有敗露，於是他把另一只耳釘也當了，拿著錢，突發奇想地來到這個地方，夢想著一賭翻身。他把行李箱、衣服、雨傘全都賣掉了，已經一無所有，除了一把四發左輪手槍和他的教母、X女侯爵送給他的一個鑲著寶石的十字架——他無論如何也不願意捨棄的至寶。可是昨天下午，他把這個十字架也賣掉了，換了五十法郎，只為了在晚上享受輪盤賭那極致的快感，最後一次賭上自己的生死。

「他帶著天性裡迷人的優雅講述著這一切。我震驚地地聆聽著，大氣都不敢出，可是絲毫沒有因為眼前這人是小偷而憤怒。我平日是個道德完美的女人，身邊的人都對我嚴格禮讓、極其恭敬，要是有個人向我暗示，我某日會和這樣一個比我兒子大不了多少的陌生男人、這樣一個偷珍珠耳釘的野男人親密地坐在一起，我肯定會認為這人精神失常。然而，聽著他本人的講述，我一秒鐘也沒有感到驚愕或者恐懼，因為他講得那麼自然、充滿激情，彷彿在講述一場高燒、一次大病，而不是什麼駭人聽聞的事件。而且，要是誰和我一樣，在昨晚經歷了這樣的狂風暴雨，他就會覺得『不可能』這個詞早就失去了意義。我在昨天那十小時裡經歷的一切，比我養尊處優地度過的這四十年更真實。

「他的講述讓我震驚的不是其內容，而是講到賭癮時眼裡烈焰似的火光，一瞬間，他臉上的所有神經就如觸電般抽搐起來。哪怕是複述往事也讓他激動不已，他的臉活靈活現地刻畫著每一絲欲望、每一次折磨，清晰得令人恐懼。他的雙手，那雙神奇、頎長、緊張不已的手，頓時像在賭桌那時候一樣，不由自主地變成追捕獵物、四處奔逃的食肉猛獸：在他講述的時候，我看到它們突然從手腕處開始顫抖，誇張地蜷曲起來，捏成一個拳頭，然後又迅速地鬆開，再重新交扣在一起。講到偷耳釘那一幕時，它們突然閃電般一躍而起（我不禁寒毛直豎），演繹了那小偷般的飛快一抓。我幾乎看到了，它們當時是怎樣瘋狂地跳起來，把耳釘吞進手心的血盆大口裡。帶著一種莫名的恐懼，我意識到，眼前這個人，每一根血管裡都流著自己激情的毒。

「這個天真無邪、無憂無慮的年輕男子，可悲地服從於體內那令人錯愕的激情，這是他敘述裡唯一讓我感到震驚與恐懼的地方。於是，我意識到當務之急是幫這個我意外遇到的、需要我守護的人逃離蒙地卡羅，逃離這個充滿誘惑的罪惡淵藪，他今天就得回到他父母身邊，趁他偷東西的罪行尚未敗露、他的未來尚未毀於一旦。我答應他幫他出回家的旅費，還會把那件首飾贖回來，前提當然是他今天就得離開，而且要以自己的名譽起誓，再也不踏進賭場一步。

「我永遠也不會忘記，這個失落的陌生人是如何帶著先是謙恭，然後豁然開朗的感恩之情聽我說話的，我永遠也不會忘記，在我說要幫他的時候，他是如何啜飲我的一字一句；突然，他把雙手從桌上伸過來，握住我的手，帶著一種我永生難忘的崇敬與神聖的頌揚。他迷惘的雙眼閃爍著淚花，身體因極度的幸福而顫抖。我總是嘗試向您描述這雙手那獨一無二的鮮活語言，可是眼前這一刻，它們所傳達的狂喜和超凡絕塵的歡樂，是我永遠無法描述的，這種快樂在人類的面孔上幾乎看不到，它就像一道白色的影子，當你從夢中醒來，在你眼前飄忽，彷彿天使在消失之際留下的蹤跡。

「為什麼要對您隱瞞呢？我當時完全無法承受這一目光。感激之情讓人快樂，溫柔的心令人欣慰，因為這兩樣事物不常如此可觸可感。我平日是一個循規蹈矩、生性淡漠的人，他身上那滿溢的感情讓我在幸福中重獲新生。還有，不僅僅是這個被命運蹂躪的人，周圍的景色，也在雨後魔法般地煥然一新。我們從餐館出來的時候，平靜無波的大海晶光閃爍，碧空如洗，水天一色，天際唯見海鷗劃出的白色線條。您也知道里維拉的景色如何。它的確很美，可是美得就像明信片上的景色一樣刻板，過於閒適的筆觸、過於鮮豔的色彩，一種死氣沉沉的美、煩冗的東方情調，永不疲倦地供每一個遊客駐足觀看。然而，極少數時候，會有這樣的日子，這種美會突然站起身，向你壓來，用它那活潑鮮亮、妙不可言的繽紛色彩向你進攻，用似錦繁花把你征服，處處都在綻放、處處都在燃燒，一場感官的盛宴。當時，雲銷雨霽後，我們就迎來了這樣的興高采烈的一天，街道潔淨如洗，天空碧藍無際，到處是火炬一樣燃燒的七彩樹叢，神清氣爽，樹葉青翠欲滴。暑熱消散，空氣清新，陽光明朗，群山好像朝我們走近了，比平時更清晰、更明亮，這些山滿心好奇，成群結隊地朝光潔鋥亮的小城走來，每一眼都能讓人感受到大自然如何張開懷抱、歡欣鼓舞，不經意地奪取每一個行人的心。『我們坐馬車去吧，』我說，『沿著海濱大道去。』

「他興奮地點了點頭，這個年輕人來到這裡之後彷彿是頭一次注意到身邊的景色。之前，他對這一切無知無覺，眼裡只有那個潮溼發霉的賭廳，只記得那裡的溼熱和汗臭，那些擠來擠去、面目可憎的賭客，還有那片咄咄逼人的灰色大海。可是現在，放眼望去就是風和日麗的大沙灘，從這頭到那頭滿是悅目的景色。我們沿著壯麗的海濱大道緩緩乘馬車而去（當時還沒有汽車呢），路過數不清的別墅和行人。每經過一棟房子、每經過一幢綠薔薇天的別墅，心裡都禁不住暗暗想：就是這裡，我們以後就住這裡，靜謐如斯，心滿意足，遠離塵囂！

「我一生還有比此刻更幸福的時候嗎？我不知道。我身邊的這個年輕人，昨天還在死亡與絕望的邊緣，現在卻沐浴在耀眼的陽光下，對窗外的景色驚歎不已。他身上的時光彷彿褪去了，只留下一個小男孩的形象，一個貪玩的漂亮小男孩，用驕傲又敬畏的大眼睛看世界，那清澈的柔情讓我入迷。每當車子爬坡或者馬兒累了的時候，他就敏捷地跳下車來在後面推一把。要是我指著路邊的一朵花，他就會匆匆下車把它摘過來給我。見到一隻小青蛙因為昨天下雨而誤闖到馬路上，他就會走過去，把費力地爬來爬去的青蛙拎起來，小心翼翼放到草叢裡，免得牠被車子碾到；這期間他一直給我講各種古靈精怪的事物，高興得忘乎所以。我覺得，在歡笑中隱藏著他的自我救贖，要不是這樣他或許還會唱歌跳舞，或者做出一些瘋狂的事，他這突如其來的激情是多麼快樂、多麼酣暢。

「我們慢慢地穿過一個小山村的時候，他突然對車外脫帽致意。我大惑不解：他在這裡人生地不熟，是要向誰致意？聽到我的問題，他臉紅了，幾乎像道歉一樣向我解釋說，我們方才路過了一座教堂，在他的故鄉波蘭，正如在其他教規嚴格的天主教國家一樣，大家自小就習慣了向每一座教堂或者禮拜堂脫帽致意。他這美好的虔誠讓我感動至深，同時我想起了他所說的那個教母送給他的十字架，便問他，他是不是有宗教信仰。他謙虛又害羞地承認，他希望自己有一天也能得到主的憐憫。此時我內心閃過一個想法。『停車！』我對車夫說，然後急忙走下車來。那個年輕人驚訝地跟著我下了車：『我們要去哪裡？』我只是答道：『您也一起來吧。』

「我們一道返回了那座教堂，它其實是一座磚砌的鄉村小禮拜堂，灰白、陰沉，裡面空蕩無人，大門敞開著，一道錐形的光柱穿過門口刺破了裡面的黑暗，祭壇四周森影重重。在充滿焚香味道的暗影中，兩支蠟燭就像黑暗中迷濛的淚眼。我們走了進去，他摘下帽子，把手探進洗罪壺中，畫了個十字，然後雙膝跪下。他還沒站起來，我就緊緊拉著他的手往前走。『您快來，』我說，『去祭壇那裡，或者找一幅您所尊仰的聖像，在它面前發誓，就是我昨天要您發的誓。』他吃驚地，幾乎是目瞪口呆地看著我。不過他很快就明白了是怎麼回事，於是找到一處壁龕，在胸前畫了個十字，虔誠地跪了下來。『您跟著我說，』我說，激動得全身顫抖，『您跟著我說，我發誓。』——『我發誓。』他重複道，我接著往下說：『我此生此世不再賭錢。我以我的生命和名義起誓，再也不參與任何形式的賭博。』

「他顫抖著重複了我所說的話：它們清清楚楚、一字一句地迴盪在全然空寂的大廳裡。然後一切復歸沉默，如此寂靜，彷彿能聽到外面風吹樹搖的聲音。突然，他像個罪人一樣俯伏在地，用一種前所未見的迷醉，飛快又狂亂地說著一連串波蘭語句子。儘管我聽不懂，不過這必定是一次狂亂的禱告，充滿感激與悔恨的禱告，因為在告解時他在神龕面前一再謙卑地磕頭，越來越瘋狂地重複著那些陌生的音節，越來越激烈地拋擲出那些激越的字句。我從未，之後也沒有再在教堂裡聽過這樣的禱告。他痙攣的雙手緊緊地扶著木製的告解臺，承受著內心的風暴，身體顫抖不已，有時猛地站起身來，有時又突然跌落在地。他再也看不見了，感覺不到了：他身上的一切彷彿都到了另一個世界，在煉獄之火中獲得重生，飛升至聖之境。

「最後，他緩緩站起來，畫了個十字，費力地朝我轉過身。他的膝蓋抖個不停，臉色就像剛完成一件繁重的工作一樣蒼白而疲憊。不過，當他看見我時，雙眼突然明亮了起來，迷離的臉上閃過一絲真正虔誠的微笑；他向我走來，像俄羅斯貴族一樣俯下身，緊握著我的雙手，充滿敬畏地親吻這雙手：『您一定是神派來的使者。為此，我要向神表示我的謝意。』我默然無語。不過我在心裡暗暗希望，這時教堂的管風琴會突然奏響，因為我知道，我成功了：我救了這個人。

「我們走出教堂，回到了五月的明媚陽光下，世界在我眼裡從未如此美麗。兩小時裡，我們的馬車沿著小山緩緩行駛著，美景任人俯瞰，轉角總是柳暗花明，賜給我們新的景色。不過我和這個年輕人再也沒開口說一句話。在如此強烈的感情風暴過去後，每一個詞都顯得蒼白無力。每當我的目光偶然和他相遇時，我就會不好意思地轉過身，看著自己所創造的奇蹟，實在太讓人震撼，我無法承受。

「約莫下午五點的時候，我們返回了蒙地卡羅。我急著要去赴一個約，因為是和親戚的約定，推辭不掉。其實我內心也渴望著有一點平靜的時候，舒緩一下剛才洶湧的情感。我一生裡還從未經歷過這樣狂風暴雨的瞬間，我覺得自己需要時間從迷亂和熾熱中緩過神來。於是，我懇求那個我守護著的年輕人，先和我回一趟我在飯店的房間；我想把旅費還有贖回首飾的錢給他。我們約好，在我和親戚見面的時候他自己去買車票；七點鐘我們在火車站的前廳見，半小時後我把他送上車，他會途經熱那亞回到在尼斯的家。就在我把鈔票遞過去的時候，他的雙唇異常慘白：『不……我不要……錢……求求您，不要給我錢！』他從齒縫間擠出這樣一句話，手指慌亂又神經質地顫抖著往回縮。『不要……不要給我錢……我不能看著錢。』他又重複道，身體幾乎在厭惡與恐懼之下坍塌。我安撫他說，不要不好意思，就當是向我借的好了，如果覺得過意不去，那就給我寫張收據。『對……對……寫張收據。』他語無倫次，躲開我的目光，說罷就把鈔票捏在手心裡，彷彿那是什麼粘在手上的髒東西，看也不看一眼就收進了口袋裡。他拿來一張紙，用潦草的字體在上面寫了幾句話。他寫完站起身的時候，已經滿頭大汗，彷彿體內有什麼東西在橫衝直撞，直抵喉嚨，讓他窒息。他剛把那張鬆散的收據遞給我，全身就像觸電那樣抖動了一下，突然——我被嚇得下意識地往後退了幾步——他雙膝跪地，瘋狂地親吻我的裙襬。這一幕簡直無法用言語描述：他的動作是那麼狂暴，我全身都忍不住顫抖起來。一種奇怪的恐懼襲擊了我，我一時間不知所措，只能結結巴巴地對他說：『謝謝您的感激。不過，您現在快去買車票吧！晚上七點我們在火車站見，然後告別。』

「他看著我，眼裡閃爍著感動的淚光；有那麼一瞬間，我覺得他有什麼要對我說，或是要向我探過身來。可是他最後只是深深地鞠了一躬，繼而離開了我的房間。」

C夫人又中斷了她的講述。她站起身來，走到窗邊，一動不動地久久凝望窗外，從她後背的剪影我看出她正在輕輕顫抖。突然，她猛地轉過身來，原先平靜安詳的雙手做了一個類似切割的激烈動作，彷彿要撕裂什麼。然後她剛強得幾乎是冷酷無情地看著我，突然又開始往下講：

「我對您承諾過要徹底坦白。現在我才明白，這個諾言是多麼重要。因為直到此刻，我才第一次強迫自己一五一十地講述那二十四小時內發生的事，嘗試在凌亂如麻、糾纏不清的情感中釐清事情的來龍去脈，並用精準的詞語加以描述。直到此刻我才看清全域，理解了我當時沒有察覺或者說不想察覺的細節。所以，我現在要對您，也對我自己，堅定地把真相和盤托出：當時，就在那個年輕人離開我的房間而我一人留在那裡時，我的心——就像陷入暈厥——遭到了一下痛擊。那裡面，有什麼東西，受了致命傷，不過我不知道——

或者說不想知道——在我守護著的男人那感人至深的敬意裡面，到底是什麼讓我痛不欲生。

「然而現在，因為我承諾過，在您這位證人的面前，不能隱瞞任何事情，更不能為自己讓人羞恥的感情開脫，所以我強迫自己一五一十、清清楚楚地把發生的事過濾一遍，彷彿它並非發生在我身上那樣。今天我才明白了當時為什麼會如此痛苦：是因為失望……我感到失望，因為……因為這個年輕人就這樣順從地離開了……就這樣走了……完全沒想過要緊緊抓住我，留在我的身邊……他謙虛而充滿敬畏地聽了我的話，要馬上離開這個城市，也沒想過反駁，沒想過要……一下子把我擁進懷裡……在他的眼裡，我只是一個聖人，在他人生路上驟然閃現的神的使者……他沒有意識到……意識到我是個女人。

「這就是我當時感受到的失落……我當時沒有，後來也不敢向自己承認這一切，可是我作為女性的第六感明白了一切，不需要言語和意識。因為……我現在不再自欺欺人了——要是這個男人當時擁我入懷，要我跟他走，我就會跟他遠走高飛，我會拋棄我的名譽、拋棄我的孩子……我會不顧世人的眼光，放棄自己的理智，跟他去天涯海角，正如那個跟一個自己根本不認識的法國年輕人私奔的亨莉埃特夫人……我不會問他去哪裡、去多久，我甚至不會看我之前的人生一眼……我會為這個男人獻出我全部的金錢、財產、名譽，甚至是作為人的尊嚴……我會去乞討，為了他我什麼都可以做，世界上任何低賤下作的事我都願意做。羞恥心也好、人與人之間的顧忌也罷，我都不想要了，只要他向我走來，抱住我，在這一瞬間我就會放棄自己，成為他的人。不過……正如我剛才所說……這個迷迷糊糊的年輕人根本就沒有意識到我是女人……只是在後來，當我再次獨自一人的時候，他那天使般閃光的臉龐，還有它放射而出的激情，才沉降到我那空無一物的內心，在我失落的身體裡點燃，讓我意識到我是多麼渴望他，多麼願意交出自己，多麼想在他面前熊熊燃燒。

「我花費好大工夫才從失落中重新振作，與親戚的約此刻雙倍地壓在心頭，讓我反感。我覺得自己好像戴上了一個沉重的鋼盔，在它的重壓之下我搖搖擺擺，站都站不穩了，在去飯店赴約的路上，我的想法亂作一團，正如我的腳步。我坐在閒聊的人群之中，對他們說的話無動於衷，偶爾抬頭一望，所見到的也只是一些淡漠的面孔，和那個男人光影盤旋、雲彩般變幻不定的鮮活臉龐相比，這些人就像凍僵了或者戴著面具一樣，總讓我受到驚嚇。我坐在他們之中就像坐在屍體之中，這死水一潭的社交讓人毛骨悚然；有時，我往茶杯裡放糖，心不在焉地插幾句話，突然，那個年輕人的臉，從我顫動的鮮血中冉冉升起，占據了我的全部思想，使我狂喜，這時我才想起來——這想法太可怕了——我最後一次見到他不過是一兩小時之前的事情。我當時肯定是不自覺地低聲歎氣，因為我丈夫的表妹突然朝我探過身來，問我怎麼回事，是不是身體不舒服，我看起來臉色慘白、心事重重。這突如其來的關心輕鬆快捷地幫我找了個藉口，我說我頭痛得厲害，希望大家允許我默默告辭。

「脫身之後，我早早地回了飯店。剛剛恢復獨自一人，空虛和失落就再次攫住了我，我渴望著要見到那個年輕人，那個我今天就要與之永別的男人。我在房間裡走來走去，毫無意義地拉開每個抽屜，換了一套又一套衣服，一根又一根緞帶，在鏡子前打量自己，看看這樣打扮是不是能留住他的心。突然，我如夢初醒：對，我要不惜一切留在他的身邊！不到一秒，這個瘋狂的念頭就成了決心。我急奔下樓，告訴門房我今晚就要坐夜車離開。現在得動作快了，我按鈴叫女傭來幫我收拾行李——時間不等人；就在我們匆匆忙忙地把衣服和日用品收進箱子裡的時候，我在心裡夢想著給他的驚喜：我目送他上火車，直到最後一刻，當他伸出手來要與我告別的時候，我會出其不意跳上火車，讓他目瞪口呆，並且告訴他，今晚，還有今後的每一晚，只要他想要我，我都會陪他一起過。我熱血沸騰，陶醉在自己的幻想裡，將衣服往箱子裡扔的時候突然大笑出聲，把身邊的女傭給嚇壞了，這期間我感到自己已經神志不清。工作人員來扛箱子的時候，我呆呆地看著他，不知道他是誰、要來做什麼，在激情上頭的那一刻，要回到現實已經不可能。

「時間非常緊迫，整理好東西應該快晚上七點了，離出發時間頂多只有二十分鐘——沒事，我安慰自己，反正已經不再是告別，因為我決定了要一路陪伴這個年輕人，只要他不嫌棄我，多久都可以。工作人員把箱子提到樓下，我趕到飯店櫃檯結清住宿費。櫃檯經理已經把錢找給我了，我準備動身，這時有隻手溫柔地搭在我的肩頭。我嚇了一跳。原來是我丈夫的表妹，她剛才聽說我身體欠安，很是擔心，於是來看我了。我眼前一黑。我不能在她身上浪費時間，每拖延一秒，我錯過火車的可能性就大一點，這無疑會是場災難，但我又必須顧及人情禮貌，起碼要和她應酬幾句。『你得回床上休息，』她不容我反駁，『你一定發燒了。』我可能真的在發燒，因為我的太陽穴突突亂顫，眼前一片藍色的霧影晃來晃去，彷彿下一秒就要暈倒。不過我咬咬牙，竭盡全力假裝感激，吐出的每一個詞都讓我心急，我巴不得把這不合時宜的關心一腳踹開。可是這個多事的女人就是不肯走，沒完沒了地往我的太陽穴塗古龍水，說是要讓我清涼一下，退退燒；我心裡在數著流逝的分秒，同時想著那個男人，苦想著要怎樣才能找個藉口擺脫這煩人的關愛。可是，我越躁動不安，在她眼裡就越可疑；她堅持著，幾乎是用命令的口氣，要我回到房間裡臥床休息。

「就在這時，我看見了飯店大廳中央掛著的時鐘：七點二十八分了，夜班車七點三十五分開走。我再也顧忌不上什麼了，以一個絕望之人的冷漠，我狠狠推開她的手，全然不顧其震驚的目光，從一排目瞪口呆的飯店服務生面前朝大門衝去，跑到大街上，往火車站飛奔。從遠處我就見到那個替我送行李的工作人員，他在車站前面焦急地朝我揮手，火車肯定馬上就要開了。我瘋狂地向閘口衝去，可是檢票員攔住了我，我忘了買車票。正當我和他極力辯解著，要他讓我去月臺的時候，火車開動了。我呆呆地看著這一幕，全身不住地發抖，渴望在火車車窗裡見到他，至少讓我見到他最後的揮別或者致意。可是在一排掠過眼前的車窗裡我沒有看見他的面孔。列車加速前進，一分鐘之後，我眼前除了湧動的黑色煙霧，別無他物。

「我肯定是僵住了一樣站在那裡，天曉得我站了多久，那個工作人員可能已經三番五次地和我搭話，直到見到我無動於衷的樣子，他才鼓起勇氣碰了碰我的手臂。我嚇了一跳。他問我要不要把行李送回飯店。我花了好一會兒才想清楚，不，我不能回去，剛剛像瘋子一樣衝出來，這麼可笑的一幕之後我怎麼還能回去？而且我也不想回去，不，永遠也不回去了。於是我不耐煩地請他把行李寄存起來，讓我一個人靜一靜。

「在車站人來人往之間，在候車大廳的無休無止的喧囂之中，我嘗試靜下心來，想想怎麼才能把自己救出這憤怒、痛苦與自責交織的絕望境地，畢竟——為什麼不承認呢？——我是自作自受，沒能見他最後一面，此刻自責就像無情的炭火一樣在我內心攪動。燒紅的利刃毫不留情地刺穿了我的心，我痛苦得幾乎要放聲大叫。或許，只有那些從未經歷過激情的人，才會在他們生命中這絕無僅有的一刻突然爆發出這樣的情感，好比雪崩，勝似颶風。長年積聚在內心的能量，此刻就像滾動的卵石一樣衝出胸膛。在這之前、在這以後，我再也沒體會過這樣驚愕、憤怒、無力的瞬間；我，頭一次這樣魯莽大膽，準備把我蓄積起來的、一步一步搭建多年的人生一下子拋出去，可是——我的激情卻在一堵無意義的高牆上撞得頭破血流。

「不過，我在那之後所做的事又何曾稱得上有意義呢？我做的事實在孩子氣，甚至是愚不可及，我現在要講出口都覺得羞恥——不過我承諾過要對您坦白一切：我……我錯過火車之後，還一直在找他……或者說，我找的不是他本人，而是和他共度的時刻……我被一股無形的力量牽引著，打算一一重訪我們昨天逗留過的所有地方，公園裡的長椅，我曾在這裡把他拉起身來；賭廳，這是我第一次遇見他的地方；甚至是那家下三爛的旅店，我別無他求，只想把昨天的事從頭到尾再經歷一次。明天一早，我想沿著那條海濱大道再走一回，這樣他說過的每句話、他做的每個手勢，就會在我心裡重生——沒錯，我做的事很幼稚，很無謂，很神經質。可是您想想，我昨天經歷的一切就像電閃雷鳴——還沒來得及體驗就已經過去，只留下一個讓人驚愕迷醉的印象。不過現在，我醒過來了，從這場混沌之中被硬生生地喚醒了，我要一點一滴地重新品味和他一起經歷的時光，借助大家稱之為回憶的東西，這自我欺騙的魔法——當然，有些回憶可以被理解，有些則不能。或許我們需要一顆熾熱的心，才能明白其中的全部意義。

「於是，我重拾時光的第一站，就是那個賭廳，那張有他的賭桌，在那裡，我可以在眾多賭徒的雙手之中，透過回憶找回他的雙手。我走進賭廳，我想我還記得在哪裡，是第二個房間靠左的那張賭桌，在那裡我第一次遇見了他。他雙手的每一個動作，現在依然歷歷在目，哪怕閉著眼睛伸開雙手，我也能摸索到他坐過的地方，就像夢遊。我就這樣進去了，直接穿過大廳，朝第二個房間走去。沒錯，就是那裡……我倚在門框上，往賭桌旁的人群望去……這時，發生了一件不可思議的事……就在那個位置，就在我夢見他的那個位置，他……這肯定是我高燒中產生的幻覺！——他……真的是他……是他……是他……和我夢見的景象一模一樣……和昨天一模一樣，他的雙眼瞪著那個圓球，臉色幽靈般慘白……不過他已經……是他……真的是他……不可能是別人……

「我經歷了如此劇烈的震驚，差點就要大聲尖叫。不過我強迫自己在這無謂的幻想面前鎮定下來，閉上雙眼。『你瘋了……你在做夢……你發燒了，』我喃喃自語，『不可能，不可能是他，這只是你的幻想……他半小時前就坐車離開了。』然後我猛地睜開眼睛。太可怕了，就在昨天的那個位置，他活生生地存在著，不會是另一個人……哪怕眼前有一百萬雙手，他的手我也不會認錯……不，我不是在做夢，的確是他。他違背了他的誓言，沒有離開，正拿著我給他的回家的旅費，荒唐地圍著這綠色的桌子，全然忘我，只為賭博拋擲他的激情，而我則絕望地站在一邊，為他提心吊膽。

「彷彿有什麼推了我一把，我不由自主地向前走去，雙眼因為憤怒而血紅，目不轉睛地盯著這個違背誓言的人，這個無恥地欺騙了我的信任、我的感情、我的犧牲的人，下一秒，我就要掐住他的喉嚨。但就在那一瞬間，我控制住了自己。我故意慢條斯理地（這是多麼艱難費力！）走到他對面的一個位置，一位先生給我讓了座。我越過分隔我們的那張不過兩公尺的綠色賭桌盯著他的臉，就像從劇院樓座往下觀賞一場正在上演的話劇。這張幾小時前還感恩戴德、因為天賜恩典而容光煥發的臉，現在又回到了地獄之火的深處，在激情的支使下扭曲變形。那雙手，那雙今天下午他立下神聖誓言時緊緊扶著教堂告解臺的手，此刻就像吸血鬼一樣咬著幾張皺巴巴的鈔票。他一定又贏了，對，他一定贏了一大筆：他面前是一大堆金幣、票子和籌碼，肆無忌憚、顫顫巍巍地簇起來的一堆，他那抖動不停的神經質的手指正愜意地在裡面遊走，左搓右捏。我看到，他的手指如何把一張票子捏住又搓開，如何愛撫著、玩弄著叮噹作響的金幣，然後，突然抓起一大把錢，甩到賭桌投注區的中央。他的鼻翼又開始隨著喘息上下抖動，瞳孔因為荷官的吆喝而驚慌失措，貪婪的目光從自己的戰利品掃到那個滾來滾去的圓球，整個人彷彿下一刻就要粉身碎骨，只有雙肘依舊緊緊地鉚在綠色的桌面上。他這著魔的樣子比昨晚還可怕，還讓人心寒，因為他的一舉一動都在屠殺我心中的另一個他，消滅我輕率地烙印在腦海中的輝煌假象。

「我們的一聲一息之間只隔著兩公尺的距離；我目不轉睛地看著他，但他完全沒有意識到我的存在。他沒有抬頭看我一眼，他誰都看不見；他的眼睛一直盯著那堆錢，不時忐忑地轉向那個滾來滾去的圓球；他的注意力彷彿被它在綠色桌面的急速迴旋牽引著，隨著它的運轉而七上八下，一刻也不得安寧。對這個賭鬼來說，全世界乃至全人類的命運都濃縮在這一小小的四邊形方桌布裡。我知道，哪怕在這裡坐上幾天幾夜，他都不會發現我。

「但我再也忍受不了了。我毅然決然地站起身來，繞過桌子，走到他身後，用一隻手狠狠地抓住他的肩膀。他不耐煩地抬起頭來——有那麼一秒鐘，他用空洞洞的玻璃般眼珠盯著我，沒有認出我是誰，就像一個喝得爛醉又被人推醒的酒鬼，滿臉睏倦，眼神恍惚，目光裡白翳重重，不知所以。然後，他好像想起來了我是誰，雙唇顫抖著張開，一邊幸福地看著我，一邊壓低了聲音，煞有介事、結結巴巴地說：『沒事……形勢好著啊……一進大廳我就知道他在這裡……我就知道……』

「我不知道他在說什麼。我只知道，這個瘋狂的人，一心沉醉在賭博之中，以至於把他的誓言、把他和我的約定、把我、把全世界都拋到了腦後。然而，哪怕是在這樣的時刻，他那中邪般的激情也讓我著迷，我完全控制不了自己，只能聽著他口中說出的瘋話，滿臉震驚地問他，他知道誰在這裡。

「『您看那邊，那個獨臂的俄國將軍，』他貼近我的臉喃喃低語，為了不讓身邊的其他人聽到，『那邊，那個留著白色連鬢鬍子、帶著僕人的將軍。他總是贏，我昨晚一開始就注意到他了，他肯定是有什麼門路，我總跟著他投……昨天他就一直贏……只是我後來犯了個錯誤，在他起身離開之後還繼續賭……我自作自受……他昨天肯定贏了兩萬法郎……今天他也一直贏……現在我要好好跟著他下注……現在……』

「話剛說到一半，就傳來荷官生硬的吆喝聲：『下好離手』[6]他好像從夢中醒來一樣，目光貪婪地瞄向那個大鬍子俄國將軍，將軍在自己的位置上巋然不動，氣定神閒，先是拿了一枚金幣，略加思量之後又拿了一枚，押在四號區上。他的雙手連忙從那堆錢中抓出一大把金幣，扔進四號區。一分鐘後，荷官喊了一句『〇區』，說罷便用耙竿把整張桌上的錢都耙走了。他瞪大雙眼，難以置信地看著自己的錢就這樣付諸流水。您可能會覺得，他此時應該要收手了，要朝我轉過身來，可是，完全不是這樣，他根本忘記了我的存在；在他的眼裡，我已經沉入大海，化為烏有，他只看得見那位俄國將軍。將軍對剛才的失利全然不在乎，又拿起兩枚金幣，猶豫了一下，不知道應該押到哪個號碼區。

「我無法對您描述我當時心中的憤怒與絕望。不過，您設想一下：您向一個人奉獻了自己的所有，可是他就像趕蒼蠅一樣揮揮手把您攆走。暴怒再一次攫住了我。我用盡全身力氣，拉住他的手臂，他嚇得跳了起來。

「『您馬上給我起來！』我在他耳邊低聲懇求道，『您還記得今天在教堂對我發過什

6 原文為法語。

麼誓嗎？您這個出爾反爾的人啊，真是可悲。』

「他盯著我，滿眼震驚，臉色變得慘白。他的目光突然像喪家犬一樣，雙唇顫抖不已。他彷彿在一瞬間想起了所有的事，對自己的恐懼席捲了他。

「『記得……記得……』他結結巴巴地說，『上帝啊，我的上帝啊……我記得……當然記得……我馬上就好了，請您原諒……』

「這時，他用手把桌上全部的錢扒攏在一起，準備收拾離開，然而，原先彷彿下定決心的迅疾動作，突然慢了下來，變得遲疑，就好像有什麼阻力把他的手擋了回去。他的目光又落在那位將軍身上，將軍剛剛下注。

「『您再等我一下……』他飛快地摸出五個金幣，把那些金幣扔在將軍投下的號碼區裡……『再玩一局……我答應您，這局完了我就走……就一局……一局……』

「他大氣不敢出，只是望著那個圓球滾來滾去，任憑它牽引著自己的全部注意力。這個人已經著魔了，再次擺脫了我，跳進槽裡那個小圓球的漩渦之中。隨著荷官高聲吆喝，耙竿又把他的五個金幣耙走了，他輸了。不過他始終沒有回過頭來。他忘了我，也忘了他剛剛作出的誓言。他的手又顫抖著伸向那堆好像熔在了一起的金幣，除了那個能給他帶來幸運的將軍、除了他自己的意志的磁場，那醉醺醺的目光再也不服從其他任何人。

「我的耐心已經消磨殆盡。我又一次拉扯著他的手臂，這次非常用力：『您馬上起來！馬上！……您剛才對我說，玩完這一局就……』

「此時發生了一件意想不到的事。他突然朝我轉過身來，可是一改先前的迷惘與謙卑，這回臉上帶著無以名狀的憤怒。他目露凶光，雙唇在震怒之下顫抖。『你別多管閒事！』他對我吼道，『快滾吧！我的不幸都是你帶來的。你一在這裡我就輸。昨天你一進來我就輸了，今天你又來！快給我滾開！』

「那一瞬間，我驚呆了。他的怒火也點燃了我的憤怒，使它毫無顧忌地燃燒起來。

「『我給你帶來不幸？』我對他大聲說道，『你這個謊話連篇的人、你這個小偷，你今天還在我面前發誓……』但我還沒說完，那個著魔的人就猛地站了起來，無視身邊一大群人，狠狠地把我推開。『給我閉嘴，』他肆無忌憚地大叫，『你又不是我的監護人……拿去……這是還你的錢……拿去……拿去！』說罷便從那一堆戰利品中抽出幾張一百法郎的票子扔給我。『好了，現在讓我安靜一下！』

「他叫得這麼大聲，就像真的中了邪一樣，看也不看周圍的幾百個人。所有人都目不轉睛地看著我，有的在竊竊私語，有的在指指點點，有的乾脆笑出聲來，甚至還有鄰廳的人湧過來看熱鬧。我覺得自己好像被剝光了一樣，無遮無掩地站在好奇的人群之中……『女士，請您安靜一下！』[7]連荷官也帶著威嚴大聲對我宣判道，還用耙竿敲了敲桌子。這個卑鄙的人，他，他剛剛說的那些話全都是針對我。在這群低聲嘀咕的看熱鬧群眾面前，我就像一個被人用錢甩在臉上打發掉的妓女，感到無盡的悲屈與恥辱。兩百隻，不，三百隻眼睛厚顏無恥地打量著我……屈辱就像髒水一樣潑在我身上，我不得不彎下身來，低頭穿過人群，擇路而逃。就在這時，我的目光和一個女人的雙眼相遇了，那雙眼睛因為驚恐而睜得大大的——是我丈夫的表妹，她目瞪口呆地看著我，一隻手正要舉起來掩住她那大張著的嘴巴。

「這給了我重重一擊：在她從驚訝中緩過來之前，我就跑了出去；我逃出賭廳，跑到那張長椅那裡，就在昨晚，那個人還垂死一般倒在上面。我倒了下來，和他之前一樣筋疲力盡、肝膽俱裂，身下是毫無慈悲之心的堅硬木頭。

「這件事雖然已經過了二十四年，可是，每當我想起當時在賭廳裡，在幾百個陌生人面前被他嘲諷的情景，就感到像有鞭子打在自己身上，連血液都凝固了。我再次驚訝地感覺到，我們平時堂而皇之地稱為靈魂、精神、感情、痛苦的東西，其實就像水母一樣，羸弱又渺小，因為哪怕它們再強大，在最極端的爆發中卻連一具受盡苦難的卑微肉身都粉碎不了——樹都能在雷擊中倒下，人類的血肉之軀在經歷了極端的痛苦和羞辱之後居然還能繼續存在，既不會消失，也不會倒地身死。

「當時，巨大的痛苦只讓我的意識熄滅了一秒鐘，讓我知覺全無，呼吸停止，跌落在長椅上，我幾乎是帶著喜悅地想到，我快死了，就這樣死去。可是，正如我剛才所說，無論什麼形式的痛苦，到頭來都是怯懦的，它終究敵不過流淌在我們肉身裡的生存本能，這扎根在我們血液中的本能，它比靈魂裡求死的激情更加強大。我無法解釋，自己在經歷了如此沉痛的一擊之後，居然還能站起身來，只是不知道自己接下來要做什麼。突然，我想起來，我的行李還寄存在火車站，這時我的心在不斷地呼喊：走，走，走，逃離這個地方，再也不要見到那個該死的地獄般賭場。我完全不顧身邊的行人，麻木地朝火車站走去，向行李存放處的門房詢問下一班發往巴黎的火車是什麼時候；十點，他對我說，於是我馬上把行李領了出來。

「十點——從昨晚第一次見到他的那可怕的一刻起，剛好過去了二十四小時，這二十四小時裡充滿了各種荒謬的情感風暴，我的內心已經被摧毀了，不可挽回地被摧毀了。可是，此刻，我心裡只知道一個字，它以鏗鏘的節奏在我身體裡迴盪：走！走！走！我的太陽穴突突作響，彷彿有楔子不斷地把這個字敲進我的頭：走！走！走！逃離這座城市，逃離我自己，回家，回到我親人那裡，回到我先前的生活裡，回到我自己的人生裡！

「我連夜趕到巴黎，從那裡轉了一趟又一趟車，從巴黎到布洛涅，從布洛涅到多佛，

7 原文為法語。

從多佛到倫敦，從倫敦趕到我兒子的家中——這一切都是不假思索、一口氣完成的，全程四十八小時，我不眠不休，一聲不吭，滴水未沾，四十八小時，每趟火車的車輪都在隆隆地重複這個字：走！走！走！

「當我最終出乎所有人的意料，踏進我兒子家的莊園大門時，他們都大吃一驚：我的神態、我的眼神裡肯定有什麼蛛絲馬跡出賣了我。我兒子走上前來，想要給我擁抱與親吻。但我轉過頭去，一想到他要親吻我被那個男人玷汙的雙唇，我就受不了。我不回答任何問題，只想洗個熱水澡，因為現在這是我唯一的心願——我要用滾燙的熱水，把旅途中的汙垢，還有那個賭鬼的骯髒激情，統統從我身上洗掉。然後我拖著步子回到了自己的房間，一睡就是十幾個小時，像塊沉重的巨石，又像是睡在棺材裡，我這輩子從未有過，以後也不會再有這樣的死一樣的睡眠。我的家人像照顧病人一樣關心我，可是他們的無微不至只會讓我更加心痛，他們那麼尊敬我、那麼景仰我，我對此感到羞恥，我必須不停地控制自己，不要突然大呼出聲，不要在迷糊中對他們說，我背叛了你們，我忘記了你們，我曾因為一份瘋狂又荒唐的激情而差點拋棄了你們。

「我毫無目的地乘車前往一個沒有人認識我的法國小鎮，因為我一直幻想著，那些認識我的人一眼就會看出我變了個人，會看出我的恥辱。我覺得自己的靈魂最深處已經被背叛、被褻瀆。有時，早上醒來的時候，我會害怕睜開眼睛，那個晚上的回憶再次襲上心頭：

我睜開雙眼，見到自己身邊躺著一個半裸的陌生男人，當時我恨不得自己馬上就死去。而過了這麼久，這個念頭依然如故。

「不過，時間終究還是擁有深不可測的力量，年老也使得我記憶中的感情越發平淡。如果你看到死亡就在前面，在路邊的陰影裡蟄伏著，那你記憶裡的東西就不再刺眼，那些東西失去了原本危險的力量，再也不能觸碰你的內心。慢慢地，我戰勝了當年的驚愕與恐懼；在那件事過去多年以後，我在一次聚會上遇到了一個奧地利使館的外交隨員、一個來自波蘭的年輕人，我向他打聽他家族的情況。他告訴我，他這位堂兄的兒子十年前就在蒙地卡羅舉槍自殺了——聽到這個消息，我甚至一點情感波動都沒有。這件事不再讓我痛苦了，或許——為什麼要對您掩飾我的自私呢——他死了，這樣還好一點，我再也不用擔心會在聚會上碰見他，除了我自己的記憶，再也沒有其他證人能出來指責我了。自那以後，我的心就平靜多了。年華逝去，這終究意味著，再也不用害怕自己的過去了。

「現在，您應該會明白，我為什麼會突然想要向您講述我自己的命運了。當時，您激烈地為那個亨莉埃特夫人辯護，還說二十四小時足以改變一個女人的一生，我感覺就像是說給我聽的。我感謝您，因為一生中第一次，我感到有人證實了我的想法。我還想，如果我能如實把這件事說出來，我的靈魂就能獲得自由，就能擺脫多年來的負累，再也不需要頻頻回首；這樣的話，或許我明天還能去一趟那個賭廳，重訪一下那個改寫我命運的地方，不過我現在無論對他還是對自己都沒有恨了。長久以來，都有一塊磐石壓在我心底，以千斤之力把我的過去封印著，不讓它死灰復燃。然而現在，這塊磐石已經移開了。能向您坦白一切，這對我來說是好事，我現在感覺身輕如燕，幾乎為此感到快樂……謝謝您。」

話音剛落，她就突然站了起來，我知道，她已經說完了她的故事。我難為情地想找點話說。不過她看出了我的窘迫，於是打消了我的這個念頭：

「不，您不用再說什麼……我不希望您再說點什麼或者回應什麼……非常感謝您能一直聽我說話，祝您明天旅途一切順利。」

她站在我面前，向我伸出手來告別。我不由自主地看向她的臉，那是一張年邁女性的臉，充滿善意，又有點羞澀，讓人動容。這是久已消散的激情的反光嗎，還是因為不知所措？忐忑不安的紅暈使她的臉頰直到銀白的鬢髮都一片緋紅——她像少女一樣站在我面前，儼然一位剛剛出嫁的新娘，因回憶而迷亂，因坦白而羞赧。我被眼前這一幕深深震動，想找句話來向她表達我內心的尊敬。可是此刻，我的喉嚨哽咽了。我低下頭來，充滿敬意地親吻了一下她那隻蒼老的手、那手正如秋葉一般輕輕地顫抖。

祕密燎人

玩伴

火車頭越發嘶啞地長鳴：塞默靈[1]到了。在高處銀色燈光的映照下，黑漆漆的車廂匆匆駛過，不用一分鐘便吐出幾個衣著光鮮的乘客，再吞下幾個別的，到處是熙來攘往的行人的叫喚聲，然後這臺嘶啞的機器便繼續它的旅程，拖著黑色的車廂長鏈駛進下方隧道的黑洞裡。溼潤的風吹過，後方廣闊的風景又在眼前徐徐展開，煥然一新。

下車的乘客中有個年輕人，衣著體面，步履輕快，面容和善，非常引人注目。他先人一步叫到了去旅館的馬車。馬兒不疾不徐地沿著上坡路跑去。空氣中已經能感覺到早春的

1 塞默靈：奧地利下轄奧地利州諾因基興縣的一個市鎮，著名療養地。

氣息。浮動不定的白色雲朵在天幕上游弋，那是一般來說只有五、六月才有的雲，潔白無瑕，像是年輕浮躁的小夥子，在藍天的路軌上玩耍嬉跳，突然便躲到群山的後面，時而合抱，時而逃之夭夭，時而像手帕一樣皺成一團，時而消散為一條條大道，最後惡作劇般地為山巒戴上雪白的帽子。風中有什麼在躁動不安，被雨水打溼的瘦削樹木在風中搖擺個不停，關節發出咔嗒咔嗒的輕響，樹葉間的雨水像星火一樣濺落滿地。時不時地從遠山那邊傳來冷冽的雪的芬芳，這時人會感覺到呼吸中有點什麼既清甜又辛辣的東西。天地之間的一切都在輕輕顫動，充滿了焦灼。馬匹輕輕地打著響鼻，此刻正要下山，鈴鐺在前方叮鈴作響。

年輕人到旅館的第一件事就是去看房客的名單。掃了幾眼之後，他大失所望。「我來這個地方到底為了什麼？」他煩惱地想道，「自己一個人在這偏遠的山裡，沒有人陪，這不是比坐辦公室還慘？在房客裡面一個我認識的人都沒有。要是有幾位女士就好了，那些嬌小可愛的女人，必要的時候還能和她們無傷大雅地調調情，那這一週過得也不算太糟。」

這位先生是一個名不見經傳的奧地利貴族官僚世家的男爵，在地方行政廳任職，這次是來度假的，因為他的同事無一例外地都趁著這一週的春假出來了，他也不想在辦公室裡度過。他雖然不缺才華，可是很清楚地知道自己在孤獨面前毫無招架之力，因為他天性愛好社交，也在各種圈子裡極受歡迎。他完全不習慣獨來獨往，竭盡一切可能不讓自己一個人待著，因為不想獨自面對自己的內心。他深知自己需要與別人來往，只有在兩個人摩擦碰撞的瞬間他才能徹底發揮自己的社交天賦，讓內心溫暖又高傲的火光熊熊燃燒，獨處的時候他覺得自己像火柴盒裡一根孤零零的火柴，自覺無用，寂寞清冷。

他在空蕩蕩的大廳裡走來走去，煩躁不已，一下子心不在焉地翻翻報紙，一下子在音樂室的鋼琴上彈彈華爾滋，但手指總彈不出個曲調來。最後他終於坐了下來，心情糟糕透頂，看著窗外漸濃的夜色，薄霧從樹叢間像灰色的蒸汽一樣溢出。他就這樣無所事事地待了一小時，覺得自己像個廢人，緊張兮兮的。然後，他逃進了餐廳。

在那裡，幾張桌子已經坐了人了。他用目光匆匆掃了一眼。什麼也沒有！沒有認識的人，除了一位賽馬教練——他隨便打了聲招呼——和一個在環形大街上偶然認識的人。沒有女人，沒有任何豔遇的機會。他的心情越發糟糕起來。他是那些憑著英俊的面孔成功擄獲美色的年輕人當中的一個，這些人總是時時準備著迎接新邂逅、獲得新經驗，渴望一觸即發投入未知的大冒險。他們處變不驚，因為每時每刻都窺探著周邊的環境，心裡盤算好了一切，沒有任何美色能逃脫他們的目光，他們總是能用第一眼就使每個女人欲火焚身，她們對其而言只是沒有差別的實驗品，無論是自己朋友的妻子還是為他們開門的女僕，他們都不放過。世人帶著某種輕蔑稱這些人為獵豔高手，卻沒有意識到這個稱號裡面凝聚了多少久經歷練得出的真理。這些人不眠不休地警惕著，就為了監視自己的獵物，在他們身上，無論是狩獵的狂熱或內心的激動，還是靈魂深處的殘忍都彷彿出自本能。他們從不走得太近，而是做好一切準備，果斷地追蹤一絲一毫冒險的可能，直至深淵。他們都是激情澎湃的人，這裡指的不是戀愛的激情，而是賭徒的激情，那種冰冷、盤算、以身試險的激情。他們之中有的是鍥而不捨的獵手，在他們眼裡，不僅青春期，整個人生都是一場永不間斷的冒險，每一天都是無數個充滿肉欲的瞬間的集合——擦肩而過的一瞥，轉瞬即逝的一笑，面對面坐時兩個膝蓋無意間的一碰——每一年則是無數個獵豔的日子的集合，情欲的體驗彷如噴湧的流泉，生生不息，滋潤著他們的人生。

這個獵豔者馬上就意識到，大廳裡根本就找不到哪怕一個可以玩玩的對象。沒有誰比這名賭徒更惱火了，他手上拿著牌，心裡知道自己穩操勝券，卻沒有可以與之一戰的對手。男爵叫人給他拿份報紙。他目光陰沉地掃視著上面的字句，精神卻非常渙散，彷彿喝醉了一樣在每個詞上面跌跌撞撞。

就在這時，他聽見了裙子拖在地上窸窸窣窣的聲音，以及一個有點慍怒、矯揉造作的女聲：「給我安靜點，艾德加！」[2]

一件絲綢裙子沙沙地擦過他桌旁，他見到了一個高䠷又豐滿的身影從面前走過，跟在後面的是一個穿著黑色天鵝絨西裝、臉色蒼白的小男孩，那男孩正用好奇的目光打量著他。他們坐在對面那張預留的桌子旁，男孩顯然在努力讓自己舉止得體，這與他眼中那焦處的黑色光芒格格不入。而那位女士呢——年輕的男爵只看得到她一個人——體面考究的衣著，肉眼可見的優雅，完全是他喜歡的類型。她是一個體型略微豐滿的猶太女人，輕熟、熱情，卻很擅長用一種優雅的憂鬱掩蓋自己內心的情感。起初，他沒看見她的雙眼，只一味欣賞那線條優美的眉毛，環繞著一個精緻溫柔的小鼻子，雖然這一細節暴露了她出身的種族，但這高貴的外形使她整體的輪廓顯得鮮明又迷人。與其豐滿的女性胴體相呼應，她的頭髮也濃密華貴得讓人驚訝，她的美麗彷彿經過了無數讚美的歷練，自信、飽滿，毫不掩飾自己的光芒。無論是點餐還是叫男孩不要玩桌上的刀叉，她彷彿都在輕聲細語——一舉一動看起來都那麼冷淡，面對男爵那小心翼翼窺視的目光也不為所動，然而事實上，正是男爵那蠢蠢欲動、蓄勢待發的目光讓她此刻舉止不得不特別謹慎。

男爵臉上的陰雲一掃而光，心底緊繃的神經放鬆了，皺紋舒張，肌肉伸展，整個人一下子容光煥發，眼眸閃閃放光。他和女性並無不同，都是只有異性在場的時候才能從內心深處散發自己的全部魅力。一陣肉欲的刺激使他能量充沛。心底蟄伏已久的獵手嗅到了獵物的氣息。他的眼睛挑戰一般直視那名女子的目光，女子在路過的時候偶然和他四目相

2 原文為法語。

接，閃動著不確定的光，卻不提供明確的答覆。他覺得好像在她的嘴角見到了一絲水波一樣欲來又止的微笑，可是對此又不能確定，正是這不確定性讓他深深著迷。她身上唯一能讓他感覺到一點希望的便是那時不時看過來的目光，裡面既有羞怯，也有反抗，還有就是她和孩子之間那小心得過於刻意的對話，好像是演給別人看的。他察覺到，恰恰是這迫不及待、故作鎮定的樣子，暴露了她內心的慌亂。他自己也很是激動：遊戲開始了。他延後了自己的晚餐，為了能在這半個小時內不慌不忙地觀察這名女子的一舉一動，直到能把她面容的每一道輪廓都銘記在心，用目光撫摸她身上每一處能看到的部分。

窗外，黑夜已經降臨，雨雲伸出灰暗的巨爪，樹林像恐懼的孩童一般，發出陣陣呻吟，房間內的陰影逐漸深重，沉默越來越明顯地壓抑著屋子裡的人。在這靜默的巨壓之下，母親和孩子的對話越來越勉強，越來越造作，他知道，她和男孩之間馬上就要無話可說了。於是他決定做一個實驗。他第一個從桌旁站起身，慢慢地從她身邊走過，久久地注視著窗外的風景，來到門邊。就在那裡，他突然掉轉頭來，彷彿忘了什麼東西。終於讓他抓到了，她正用灼熱的目光看著他身後。

這一瞥讓他欲火焚身。他在大廳裡等了一會兒。她很快也帶著小男孩離開了餐廳，路上還在桌上的雜誌堆裡翻了翻，給男孩指著幾幅畫。男爵假裝要找什麼雜誌一樣不經意地走到那張桌前，事實上只是為了更深地凝視她眼眸裡潮潤的火光，甚至可能搭訕一下，然而就在這一瞬間，女子掉過頭去，輕輕拍了拍她兒子的肩膀：「來吧，艾德加，該睡覺了！」[3]說罷便冷冷地和他擦肩而過。男爵看著她離去的身影，不禁感到幾分掃興。他本來計畫著這天晚上能認識她，她那凌厲又乾脆的神態卻讓他失望。不過，反抗畢竟也算是刺激的一種，正是未知的事物點燃了他的欲望。他總算是有了個玩伴，遊戲可以開始了。

快速建立的友誼

翌日早上，男爵走進大廳時，見到那個不知名的美麗女子的兒子正在與兩名電梯侍童熱烈地討論著什麼，一邊還給他們看一本卡爾．邁[4]的書裡的圖。他媽媽還未現身，明顯還在梳妝打扮。在這一刻，男爵才開始認真打量眼前的這個孩子。這是一個約莫十二歲的少年，害羞、青澀，有點神經質，舉手投足慌慌張張的，目光總是左顧右盼。正如這個年紀的大部分孩子，他給人一種驚魂未定的感覺，彷彿他剛從夢中驚醒過來，發現自己被扔

3 原文為法語。
4 卡爾．邁：卡爾．弗里德里希．邁（一八四二－一九一二），德國通俗小說家。

到了一個陌生的環境裡。他的臉不算不好看，只是一切尚未定型，男性氣質和孩子氣的搏鬥才剛剛開始，沒有明晰的線條，一切都那麼蒼白、模糊，還摻雜著不安，彷彿剛剛捏出來的麵團，還沒找到自己的形態。此外他正好處在一個比較棘手的年紀，這個年紀的孩子穿衣服總是顯大，衣袖和褲腿鬆鬆垮垮地掛在瘦削的四肢上，他們還沒有什麼心思打理自己的外表。

這個小男孩在旅館裡總是不安分地跑來跑去，給身邊的人留下了非常不好的印象。實際上，他總是擋住別人的去路。不是用各種問題纏著門房，就是在旅館櫃檯搗亂；顯然，他沒有什麼朋友。孩子那愛說話的天性讓他整天去找旅館服務生的麻煩，他們正好有空的時候會回他兩句，可是一有大人來了或者有正事要做，他們就會馬上中斷和小男孩的閒聊。

男爵微笑著，饒有興味地看著眼前這個可憐的孩子，他充滿好奇心地打量著身邊的一切，周圍的人卻很不友善地避開他。有一次，男爵正好和男孩好奇的目光相接，男孩馬上就戰戰兢兢地縮回自己的心裡，只要一發現男爵在看他，男孩馬上就垂下眼簾。這可把男爵逗樂了。這個小男孩開始讓他覺得有意思，他心想，這個男孩這麼害羞，明顯只是因為怕生而已，或許他能成為自己接近那個女人的捷徑。無論如何，試試總沒錯。他悄悄跟在男孩身後，男孩正一搖一擺地走出大門，以一種孩子特有的對溫柔的渴望撫摸著旅館那幾匹馬的粉紅色乳頭，直到馬車夫厲聲吆喝著把他趕走——真是個不幸的孩子。他受到了傷害，此刻只能百無聊賴地在周圍走來走去，用空洞又有點悲傷的目光環顧著四周。這時，男爵上前搭話了。

「喏，年輕人，你覺得這裡怎麼樣？」他突然對男孩問道，努力使自己的搭訕自然一點。

那孩子馬上羞得滿臉飛紅，驚恐地抬頭看著眼前這個男人。他害怕地縮回了手，尷尬得來回晃動身子。這輩子還是第一次有陌生男人向他搭話。

「謝謝您，滿好的。」他結結巴巴地回答。最後一個字更像是從喉嚨裡擠出來的，而不是說出來的。

「你這樣想，我還真是意外啊，」男爵笑著說，「這個地方其實無聊得要命，特別是對於你這樣一個年輕人來說。你在這裡整天都做些什麼呢？」

男孩依舊迷惑不已，以至於一時間不知道怎麼回答才好。這位不知名的、優雅的先生，居然和他這個無人在意的小孩子說話，這可能嗎？這樣的想法讓他既羞怯又自豪。他努力讓自己打起精神來。

「我讀書，然後，還經常出去散步。有時我們會坐馬車出門，我媽媽和我。我之前生了場大病，現在要在這裡休養。醫生說我得多曬太陽。」

最後幾個字他說得相當自信而堅定。小孩子總是對自己生病感到驕傲，因為他們知道，身處危險可以讓自己對家人來說比以往更重要。

「沒錯，你這樣的年輕人就是要多曬太陽，太陽會把你的膚色曬成小麥色。不過你不該整天乾坐在那裡。年輕人該多多運動，調皮搗蛋。我覺得，你太乖了，你看起來好像那種手裡捧著一大本磚頭書足不出戶的學者。我還記得，我在你這個年紀的時候，可調皮了，每晚回家的時候褲子都是劃破的。太聽話了可不好！」

孩子忍不住笑了，恐懼隨之煙消雲散。他本來很想回答點什麼，但又擔心自己的話在這位可親的陌生先生面前顯得太無禮、太自傲。他從不厚臉皮，總是很容易尷尬，此刻他既幸福又羞怯，隨之感到一陣害怕與迷惘。他很想繼續談話，但又什麼都想不出來。好在這時旅館那條黃毛的聖伯納大犬剛好走了過來，嗅了嗅他們倆，心甘情願地索求撫摸。

「你喜歡狗嗎？」男爵問道。

「噢，當然，我祖母在巴登的別墅裡養了一條，我們住在那裡的時候，牠整天都和我在一起。不過只有在夏天我們才去那裡探親。」

「我們家裡也養了狗，我記得，莊園裡養了二十幾條呢。如果你在這裡乖乖聽話，我會送你一條。一條棕色的小狗，耳朵是白色的呢，你想要嗎？」

孩子高興得滿臉通紅。

「想。」

他心裡湧上一股渴望，但緊接著便被一陣顧慮和恐懼打斷。

「不過媽媽不會讓我養狗。她說自己受不了家裡有狗，養狗太麻煩了。」

男爵笑笑。話題總算來到媽媽身上了。

「媽媽這麼嚴格嗎？」

男孩思考了一會兒，抬起目光看了看眼前這位陌生男子，幾乎在自問，這個人到底可不可信。最後，他謹慎地答道：

「不，媽媽不嚴格。況且我現在生病了，她事事讓著我。甚至我跟她說想養狗，她可能也會同意的。」

「要我替你求求媽媽嗎？」

「好啊，您一定要幫我，」男孩歡呼雀躍地說，「只要您開口，媽媽一定會同意的。那隻小狗長什麼樣呢？耳朵是白色的嗎？牠會撿樹枝嗎？」

「當然，牠什麼都會。」看到從孩子眼中迸濺而出的火花，男爵不由得微笑起來。這麼快就拿下了他。一開始的膽怯馬上被打破了，被恐懼囚禁的激情四處飛濺。剛才那個害羞又膽小的孩子，搖身一變成了個吵吵鬧鬧的男孩。男爵不由得心想，如果他母親也這樣就好了，她的恐懼後面該隱藏著多麼熾熱的火焰！男孩已經帶著二十個問題朝他撲來：

「那條狗叫什麼名字？」

「小方塊。」

「小方塊！」孩子歡呼起來。不知怎的，男爵所說的每一個字都能使他欣喜若狂，男孩因為有人如此友善地接納了自己而陶醉得不能自已。男爵對這麼快就得手了而感到驚訝，並決定打鐵趁熱。他邀請男孩和他一起散步，這個可憐的孩子幾個星期以來如飢似渴地想要別人陪伴，於是對這個建議感到很高興。

男爵用各種大大小小看似隨意的問題引他上鉤，童言無忌的艾德加馬上在新朋友面前把一切和盤托出。很快，男爵便對他的家庭瞭若指掌，艾德加是一位維也納律師的獨子，出身於富有的猶太資產階級家庭。他很快就巧妙地調查出來，艾德加的母親並不喜歡留在塞默靈，而是一直抱怨自己在這裡沒人陪。事實上，男爵甚至相信，在問到母親是不是喜歡父親時，艾德加猶豫不決的態度已經暴露了這個家庭並不和睦。他為自己從一個毫無戒心的男孩子那裡套出這些家庭小祕密而感到羞恥，因為艾德加對此是那麼自豪，他所說的東西居然引起了一位大人的興趣，這使他更加信任眼前這位新朋友。他稚嫩的心靈因為驕傲而瘋狂跳動——男爵散步的時候還摟著他的肩頭——在公共場合和一個大人這麼親密，使艾德加逐漸忘記了自己是個孩子，他開始毫無保留地講述家裡的一切，彷彿在他身邊的是他的同齡人。正如之前的談話所顯示的那樣，艾德加非常聰明，像大多數因為虛弱多病而常和成年人在一起的孩子那樣，他很早熟，而且，總是奇怪地無法控制自己的激情，無論是喜愛還是敵意。他似乎不能用平靜的眼光看待身邊的事物；每當談到一個人或者一件事時，他要嘛喜不自勝，要嘛恨之入骨，以至於臉蛋都不由自主地扭曲了，顯得那麼惡毒，那麼醜陋。或許因為最近才剛剛戰勝了病魔，他那如火如荼的講述中總帶著某種狂暴和跳躍，彷彿他的笨拙只是一種對自己體內那壓抑不住的激情的恐懼。

男爵輕而易舉就獲得了他的信任。僅僅半小時，他就把那炙熱不安地抽動著的心據為己有。欺騙小孩子也太容易了，因為他們天真無邪，之前從來沒有人索要過他們的愛。男爵只需要短暫忘掉自己現在是誰，複習一下過去，就能輕輕鬆鬆、自然隨意地模仿孩子的聊天，以至於對方馬上將他視為自己人，距離感也會在幾分鐘之內土崩瓦解。對男孩來說，在一個如此偏僻的地方突然找到朋友，是多麼幸福，況且，這又是一個什麼樣的朋友啊！那些在維也納的朋友被忘得一乾二淨，他們只是一些說話細聲細氣的小男孩，什麼經驗也沒有，只會嘰嘰喳喳，在這脫胎換骨的一刻，這些人全被拋到了腦後！艾德加現在的全部夢幻和熱情都聚焦在這位新朋友身上，當新朋友告別時邀請他明早再來找他時，他的心充滿了自豪，新朋友從遠處向他揮手致意，就像兄弟一樣。這一刻也許是他一生中最美好的時刻。

欺騙孩子簡直不費吹灰之力——男爵微笑著目送跑開的男孩。現在，有人能向那位女士傳達他的存在了。他知道，男孩一見到母親，馬上就會一遍又一遍地講述今天的事，直到筋疲力盡，重複每一個字直至無限——這時他得意地想起自己剛才在聊天中巧妙地編進了幾句對她的恭維話，在艾德加面前，男爵幾乎只說「你那美麗的媽媽」。這個健談的男孩在把他介紹給他母親認識之前，根本不會靜下心來，這對他來說已成定局。他不需動一根手指就能拉近和那位陌生美人的距離，現在只要看看風景、做做好夢就行了，因為他知道，一個心急如焚的孩子的雙手，會為他架起通向她心扉的橋梁。

三人行

一小時後已經可以確定，一切按計畫順利進行，每個細節都很完美。年輕男爵走進餐廳時故意遲到了一會兒，艾德加一見到他便從椅子上跳了起來，帶著幸福又熱情的微笑迎接他，向他揮手致意。與此同時，他扯著母親的袖子，語氣急促又興奮，用顯眼的手勢指著男爵。她尷尬得滿臉通紅，責罵他激動過頭，卻又忍不住轉頭看向男爵。為了順應男孩的意思，男爵當即以此為契機恭敬地行了個禮。兩人結識了。她不得不感謝男爵的好意，然而整個晚餐期間又一直低垂著頭，只看著自己的盤子，避免和他有任何的目光交流。艾德加則截然不同，他不停地看向男爵，有一次甚至試圖和他說話，母親立即訓斥了他，說他不成體統。

晚飯後，母親對他說該睡覺了，他馬上低聲和母親爭論起來，結果是母親在他的強烈要求下讓步了，他可以走到男爵的桌前和他道別。男爵說了幾句和藹的話，孩子一聽馬上雙眼放光，還和他聊了好幾分鐘。不過，突然間，男爵巧妙地轉過身，朝鄰桌站起身來，向略帶困惑的母親祝福說她有一個那麼聰明而早慧的兒子，還說這兒子和他一起度過了一個美妙無比的上午。艾德加站在他面前，因為喜悅和自豪而滿臉通紅。最後，男爵詢問了男孩的健康狀況，問得那麼具體、那麼仔細，以至於他的母親不得不一一回答。於是他們展開了一段看似沒有盡頭的長談，男孩在一旁帶著敬畏的心情聽著，喜不自勝。男爵自我介紹了一下，他發現，自己那響亮的名字在愛慕虛榮的母親心裡留下了一定的印象。儘管她沒有談什麼關於自己的事，甚至還以照顧兒子為由早早告辭，她對待他的態度卻分外殷勤和客氣。

艾德加強烈抗議說自己不累，想晚點再睡覺。可是母親已經向男爵伸出了手，男爵恭敬地吻了它一下。

艾德加那天晚上睡得很不好。幸福和孩子氣的絕望在他的心裡亂成一團。因為今天，他的生活中發生了前所未有的事情。他第一次涉足了成年人的世界。半夢半醒之時，他忘記了童年，覺得自己一下子長大了。直到現在為止，他都沒有什麼朋友，孤零零地長大，而且常常生病。儘管他非常需要關愛，但除了父母和家裡的僕人之外，沒人在乎他。世人總會錯誤地衡量愛的力量，因為他們總是太在意它的源頭，卻不考慮在它到來之前的那種充滿張力的狀態：在內心的重大事件發生之前，人總是處在一個充滿失望和寂寞的黑洞裡。情感在這裡遭受著重壓，從未得以釋放和利用，它會張開雙臂撲向第一個看似應該占有它的人。艾德加躺在黑暗中，既快樂又困惑，他想笑，但又忍不住要哭。他是多麼愛今天遇到的這個人啊，哪怕身邊的朋友、哪怕是父母和上帝，他都沒有這麼愛過。他那年輕的心中所有不成熟的激情都緊緊抓住了這個人的形象，儘管在兩個小時前，他還不知道他姓甚名誰。

但他夠聰明，不會被這段出人意料、非同尋常的新友誼所困擾。令他困惑的是一種覺得自己毫無價值、什麼也不是的心情。「我配得上他嗎，我、一個十二歲的小男孩，一個還在上學、晚上要比其他人先睡的小孩？」他內心充滿著折磨，「我在他心裡算什麼，我又能為他做點什麼呢？」

他很洩氣，因為發現無法以任何方式表達自己的感受。以往當他交了新朋友的時候，第一件要做的事總是和對方分享自己書桌上的幾件小寶物，郵票啦、石頭啦，都是一些孩子氣的收藏，然而這些昨天對他而言還非常重要、散發著非凡絕倫的魅力的東西，此刻在他眼裡一下子貶值了，顯得那麼可笑、可鄙。他怎麼能用這種東西取悅他的新朋友，這個他甚至還一直用「您」來稱呼的新朋友？究竟怎樣才能洞悉他內心的真情實感呢？他越來越感到一種身為小孩子的痛苦，他那麼小、那麼不成熟，一個十二歲的小孩、一個半成品，他從未像此刻一樣猛烈地詛咒自己還是小孩的事實，從未如此渴望醒來的時候會是另一個人、自己夢想中的那個人：一個高大健壯的男人，和其他人一樣的成年人。

長大成人的新世界裡第一個五彩繽紛的夢，很快就融入了這些不安的思緒之中。艾德加總算面帶微笑地沉入了夢鄉，然而，明天約好要見面的事一而再再而三地讓他睡不安穩。早上七點，他從夢中驚醒，擔心自己睡過頭了。他匆匆穿戴整齊，去隔壁房間和母親打了個招呼，母親對他起得這麼早大吃一驚，要知道平時她都是卯足全力才把他從被窩裡拉出來的。母親還沒來得及問他什麼，艾德加就衝下了樓。他在餐廳裡不耐煩地四處逛來逛去，直到九點，甚至連早飯都忘了吃，一心只想著待會兒就要和男爵去散步了，絕不能讓這位朋友等太久。

九點半，男爵總算優哉游哉地走進了大廳。他當然早就把約會的事拋到了九霄雲外，這時見到男孩興匆匆地朝自己跑來，不得不對這巨大的熱情粲然一笑，準備履行自己的承諾。他用雙臂摟著男孩的肩頭，和他在大廳裡來回踱步，面對眼前這個兩眼放光的小子，他一再溫柔又堅定地解釋說，現在還不能一起去散步呢。他時不時向門邊投去緊張的一瞥，似乎在等待著什麼。就在這時，他突然站起身。艾德加的媽媽走進門，向他們打招呼，友善地朝兩人走來。聽說艾德加和男爵約好了一起散步，她只是笑笑表示同意，畢竟這孩子完全沒把這件事告訴她，彷彿守著什麼寶物，不過一聽見男爵要邀自己同行，她二話不說就答應了。

艾德加的臉色馬上陰沉了下來，忍不住咬了咬嘴唇。為什麼她偏要現在來，真煩！這次散步本是屬於他和男爵的，之前把新朋友介紹給媽媽只是他好意為之，他可不想和任何人分享。當他注意到男爵對他母親特別友善又特別熱情時，心中激盪起一種類似嫉妒的感情。

他們三人一起出去散步，兩位大人對艾德加的過分關注使他內心產生了一種危險的錯覺，讓他以為自己很重要、很有分量。艾德加幾乎是這兩個人聊天的唯一主題，母親時不時故作憂慮地談到他臉色蒼白，做事神經質，男爵則微笑著表示反對，辯護說他這位「朋友」——他總是這樣稱呼艾德加——待人接物是多麼友善。這是艾德加生命中最美好的時刻。他獲得了自己小時候想都不敢想的權利。他可以和大人一起聊天，而不會被訓斥說不准插嘴，他甚至可以說出自己各種各樣的心願而不怕別人見怪。於是，毫不意外地，他心中一種欺騙性的幻覺蔓延了開來，覺得自己已經長大成人。在他的白日夢裡，童年已被甩在身後，就像一件穿舊了之後丟掉的衣服。

男爵在母親越來越熱情的邀請下和他們一起用午餐。不再是面對面坐了，而是緊鄰著坐在一起，簡單的相識也隨之轉化成友誼。在這首三重奏中，女人、男人和孩子的聲音交織在一起，清澈而悅耳。

進攻

現在，獵人已經等得不耐煩，他覺得該接近自己的獵物了。這齣家庭鬧劇、這種三重奏讓他厭煩。聊天聊得是很開心，但畢竟聊天不是他的本意。而且他明白，埋藏著情欲的虛偽社交早晚會妨礙男女之間的官能享受，削弱言語的光芒，澆滅進攻的烈火。他確信，那個女人早就已經把他的目的摸透了，哪怕一起聊天的時候，她也未曾忘記。

他的努力在這個女人身上很可能會有大收穫。她正處在比較困難的關鍵性的日子裡，這時一個女人會開始後悔自己一直忠於她從未愛過的丈夫，她遲暮的美會讓她迫切地面臨「母親」和「女人」之間的選擇，這是最後一次機會。似乎早已得到解答的人生，在此刻又變成了一個問題，意志的磁鍼最後一次在情欲和認命之間搖擺不定。於是，女人會在這個關頭做出最危險的決定：到底要過她自己的人生，還是她孩子的人生；到底是要做女人，還是做母親。男爵在這種事情上目光銳利，他一下就意識到了她在生命的激情與無私的獻祭之間猶豫不決，身處險境。聊天的時候，她一句也沒提到自己的丈夫，丈夫似乎只是解決了她一些外在的需求，卻從未滿足她由於長期過著附庸風雅的生活而萌生的虛榮。而且她在心底裡對自己的孩子幾乎一無所知。她那漆黑的眼眸裡隱藏了一種百無聊賴的陰影、一種籠罩著她生命的憂鬱，使得她的性感瞬間啞然失色。

男爵決定速戰速決，同時又要避免魯莽的行動。他更願意像釣魚的漁夫一樣慢慢把鉤子收回來，面對剛剛建立的友誼，他打算冷處理，裝作毫不在意的樣子，好讓別人來向他索愛，哪怕實際上索求的人是他自己。他打算誇大自己的傲慢，強調他和她的門第之差，這個念頭對他來說簡直迷人不已，只要稍微誇張地表現一下自己的傲慢、自己的外表，還有自己那響亮的貴族頭銜，他就能把這個美麗豐滿的女性身體據為己有。

遊戲已經開始，他在興奮之餘強迫自己小心行事。整個下午，他都待在自己房裡，愉快地感覺到有人在渴求他、在想他。然而，他缺席並沒有引起母親——男爵本來的獵物——的太多注意，反而是可憐的艾德加為此受盡了折磨。整個下午，他都感到無助又迷茫；他帶著男孩子那倔強的忠誠等待著自己的朋友。跑出去或者獨自做什麼事都好像是對這份友情的冒犯，他徒勞地在走廊裡晃來晃去，心情越來越糟糕。在忐忑不安的想像中，他已經開始做白日夢了，夢到自己的朋友遭遇了一場意外，或者自己可能不小心冒犯了他，於是差點就因為焦慮和恐懼大哭起來。

晚上男爵來吃飯時受到了熱烈的歡迎。艾德加跳起來迎接男爵，無視他母親的警告和其他人的驚訝，用他瘦削的手臂猛地摟住男爵的胸膛。「您去了哪裡？您剛剛在哪裡啊？」他激動地大喊道，「我們到處找您呢。」男孩的話把自己牽扯了進去，母親感到羞愧難當，她相當嚴厲地呵斥道：「**聽話，艾德加，給我坐下！**」[5]（她對兒子總是說法語，儘管說得實在不熟練，而且很容易在各種冗長的解釋中迷失方向。）艾德加聽她的話坐下了，然而還在不停地對男爵問長問短。「別忘了男爵先生有選擇的自由。你這樣或許會讓他厭煩和我們做伴。」這次她說了「我們」，男爵很高興地察覺到這句指責裡實際上隱藏著對他的奉承。

他身上的獵人本性覺醒了。沒想到這麼快就已經找對了路子，他陶醉又興奮，覺得馬上就要扣下扳機了。他雙眼放光，血液在血管中暢快地流淌著，也不知怎的，他突然口若懸河起來。正如任何情欲強烈的人，當他意識到自己順利取悅了身邊的女人時，馬上就比先前更游刃有餘，更接近真實的自我，就像某些演員只有觀眾在場的時候、只有見到活生生的人彷彿中了魔咒一般陶醉於自己的表演時才能演得更精彩。

男爵一直是個講故事的好手，天生擅長栩栩如生地描述，但今天——為紀念交了新朋

5 原文為法語。

友而點的幾杯香檳下肚後——他超越了自己。他講述了印第安人的狩獵，作為一位英國貴族的好友，他有幸參與了其中的一場。這個故事選得非常巧妙，一方面，這是個無關緊要的話題，可是另一方面，它自帶異國情調，向在座的人展示了某種觸不可及的事物，從而使得眼前這個女人心神蕩漾。然而，這個故事真正迷住的是艾德加，他忘記了吃喝，兩眼充滿激情，目光無法從男爵正在講故事的雙唇上移開。他在書裡讀到過很多可怕的故事——狩獵老虎、棕色人種、印度教徒，以及碾死了一千多人的轉輪王[6]的恐怖車輪——卻從來沒有奢望認識一個在現實世界中經歷了這些事的人。直到現在，他都沒想過真有這樣的人存在，更不相信童話裡描述的世界，此時此刻，他的內心第一次爆發出一種奇特的感情。他無法將目光從他的朋友身上移開，定定地看著他那隻殺死過老虎的手，大氣也不敢出。他幾乎不敢提什麼問題，說話的聲音異常激動，彷彿在發著高燒。他敏捷的想像力總能勾勒出故事裡的畫面，他看到自己的朋友高高地騎在披著紫鞍的大象身上，兩邊是戴著貴重頭巾的棕色人，然後他突然看到老虎從叢林中躍出，張牙舞爪，差點就要碰到大象的鼻子了。現在男爵開始講述更有意思的東西，關於當地人如何誘捕大象。他們用早已馴養好的年長大象作為誘餌，把那些年輕、野性、意氣風發的大象引到棚子裡。男孩一聽，眼睛好像噴火一樣燒了起來。就在這時——這對他來說好像眼前落下一把亮晃晃的刀子——媽媽看了一眼手錶，對他說：「九點了！該睡了！」[7]

艾德加震驚得臉色慘白。對所有孩子來說，上床睡覺是可怕的字眼，因為對他們來說，這不啻在大人的面前被公開羞辱，叫他們上床睡覺就相當於宣布他們還小，還不能像大人一樣晚些睡覺，這是小孩子專屬的恥辱之烙印。男爵剛剛講到最有趣的地方，這時他被命令上床睡覺該是何等的羞辱，一旦從命了就等於錯過後面那些聞所未聞的精彩細節。

「還有一點，媽媽，關於大象的事，讓我聽完這一段！」

他本想開始搖尾乞憐，但很快就想起了自己已經是個大人，有了新的尊嚴。於是他只敢求她一次。可是母親今天格外嚴厲：「不行，已經晚了。給我上樓去，聽話[8]，艾德加。睡醒之後我會把男爵先生的故事都講給你聽的。」

艾德加猶豫了。以往，媽媽總是陪著他睡覺。但他不想在朋友面前乞求。他那幼稚的自尊心想要從這種可悲的退場中表現出最後一絲自己的意志。

「可是媽媽，你要說話算話，待會兒要告訴我一切，一切！關於大象和其他的一切！」

「我會的，孩子。」

6 轉輪王：古印度神話中的「聖王」，手持輪寶。
7 原文為法語。
8 原文為法語。

「馬上就告訴我！就今天！」

「好好好，現在睡覺去吧。快點！」

此刻，艾德加很佩服自己，儘管喉嚨已經哽咽，他還是努力地與男爵和媽媽握手道晚安，臉不紅色不改。男爵友善地對他點了點頭，艾德加見狀，好不容易才從緊繃的臉上擠出一絲微笑。可是他必須趕緊跑到門口，要不然他們就會看到豆大的淚珠從他的臉上滾落下來。

大象

母親和男爵還在桌旁待了一會兒，可是他們不再說什麼大象和打獵的事了。男孩離開之後，他們的談話裡隱約透出一絲曖昧，很快便陷入尷尬。最後，他們走進大廳，坐在角落裡。男爵比以往任何時候都要耀眼，母親則被幾杯香檳搞得情迷意亂，兩人的談話很快就變得親密熱烈。

男爵說不上英俊，他只是年輕，黝黑的膚色、充滿活力的小男生一樣的臉，還有剃得短短的頭髮，這一切使他格外陽剛，此外他的舉止清爽大方，甚至有點調皮，這讓她很是開心。她此刻只想近距離看著他，不再害怕他的目光。但漸漸地，他說話的語氣透露出一種膽大妄為，這使她迷惑，聽他說話的感覺好像被他一把抓住又放走，某種不可言喻的情欲使她興奮得面紅耳赤。然而馬上，他又莞爾一笑，神色放鬆下來，充滿孩子氣，之前那些打情罵俏一下子變得像幼稚的笑話一般稀鬆平常。有時她覺得，自己應該狠狠地拒他於千里之外才是，然而她本性風騷，他那些調情的小伎倆只會讓她更加興奮。最後，她被這個任性的遊戲沖昏了頭，居然入戲了。她凝視著他的眼睛，飄飄然地給他一點小小的承諾，無論是說話還是肢體動作都完全不受控制了，哪怕他湊過身來也毫不抵抗。隨著他聲音的貼近，她感到他的雙唇在她的肩頭暖暖地吹著氣。正如每個賭徒一樣，他們在熱烈的談話中忘記了時間，完全迷失了自我，直到午夜來臨，大廳開始變暗時才猛地驚醒過來。

在最初的驚恐驅使下，她一下子站起身來，突然發現自己做得過分了。平日裡她雖然也會和身邊的人調情，但現在她已經本能地感覺到這場遊戲可能是來真的了。她驚恐地發現自己的內心已經不再安穩，她體內有什麼東西正開始滑向一個可怕的漩渦。一切都在恐懼、酒精和熾熱話語的漩渦中湧動，一種毫無意義的愚蠢恐懼壓倒了她，儘管她一生中經歷了各種危難的時刻，對這種恐懼也很熟悉，可是這般頭暈目眩還是頭一回。

「晚安，晚安。明早見。」她匆匆忙忙地說道，然後想要逃跑。與其說是為了擺脫男爵，還不如說是為了逃脫那危險的一刻，逃離自己內心一種前所未有的不安全感。然而，男爵沒有放過告別的機會，他輕柔卻不乏力量地親吻她的手背，不是禮貌地親一下，而是親了四、五次。他的雙唇顫抖著從她纖細的指尖一直親到手腕，粗糙的鬍鬚在她的手背上摩擦，這些她都感覺到了，全身禁不住輕輕戰慄起來。一股溫暖又壓抑的感覺隨著鮮血在她的體內蔓延，恐懼像熱流一樣湧了上來，咚咚咚地衝擊著她的太陽穴，灼燒著她的大腦，這恐懼、這毫無意義的恐懼使她全身顫抖，她連忙把手從他唇下抽了回來。

「再待一會兒。」男爵呢喃道。但她已經匆匆忙忙地離開了，這恰恰暴露了她內心的恐懼和迷茫。她現在那麼興奮，正中對方下懷，她感到自己心裡各種思緒亂成了一團。一種殘酷又灼熱的恐懼追趕著她，她害怕身後的男人會跟上她，抓住她，但在逃跑的同時，她又感到遺憾，因為他並沒有追上來。在這一刻，她不知不覺地渴望了多年的事情終於發生了，她渴望一場冒險，渴望在冒險中極致地享受每一絲情欲的氣息，而不僅僅是短暫地、試探性地調調情。只是，男爵太自滿了，沒有把握好這一有利的時機。他覺得自己穩操勝券，不想在這女人喝醉之後乘虛而入占有她，恰恰相反，他是一個有原則的玩家，不喜歡偷襲，只想對手在意識清醒的時候向他獻身。她逃不掉的。他注意到她的身子一直在顫抖，灼熱的毒素已經注入她的血管了。

她在樓梯頂端停了下來，把手按在劇烈跳動的心臟上。她得喘口氣。她的神經受不住了。她的胸口發出一聲長長的歎息，半是慶幸自己脫離了險境，半是遺憾；所有事都亂成一團，在她血液裡只留下一種微微眩暈的感覺。她半閉著眼睛，像個醉漢一樣走到門口，握著冰涼的門把手，鬆了口氣。現在，她總算覺得自己安全了！

她輕輕地推開門走進房間，可是下一秒馬上被嚇得縮了回去。房間裡有什麼東西在動，在黑暗中後退。她原本就緊張的神經猛地一抽，正想大聲呼救，卻聽到裡面傳來了充滿睡意的聲音：

「是你嗎，媽媽？」

「看在上帝的分上，你在那裡幹什麼？」她的第一個想法是，這孩子又生病了，或是需要什麼幫助。

然而，睏乏不已的艾德加只是帶著輕微的責備對母親說：「我等了你好久，然後就睡著了。」

「為什麼等我？」

「為了大象。」

「什麼大象？」

她現在才明白過來。她曾向孩子保證，今天會跟他講那個關於狩獵和冒險的故事。然後這孩子便偷偷溜進了她的房間，這個頭腦簡單、幼稚可笑的孩子，一直都在靜靜地等著她回來，然後不知不覺就睡著了。想到他這次做得那麼誇張，母親不禁怒火中燒。事實上，她可能只是生自己的氣；內疚和羞恥在心裡呢喃著，她差點忍不住大叫出聲。「現在馬上給我去睡覺，你這個搗蛋的傻孩子。」她朝他喊道。艾德加一臉驚愕。為什麼她對他發火？他可是什麼都沒做。然而他的震驚讓本來就激動的母親更加惱火了。「馬上回你自己的房間。」她怒吼，因為意識到自己剛才對他做了件錯事。艾德加於是一言不發地離開了她的房間。他太累了，在極度睏倦中只是昏昏沉沉地感覺到，母親沒有兌現她的承諾，不知怎的對他態度惡劣。可是他並沒有反抗。因為睏倦，他身上的任何衝動都偃旗息鼓了；接著他又很生自己的氣，因為竟然在這裡睡著了，而不是醒著等媽媽回來。「完全就是個小屁孩。」他入睡前，憤憤不平地自言自語道。

因為，從昨天開始，他就痛恨自己的童年。

交火

男爵昨晚睡得不好。一次冒險中斷後上床睡覺是很危險的：這個夜晚很不安寧，充滿了各種曖昧的夢境。他睡著睡著就開始後悔自己剛才沒有把握好時機。

清晨，當他睡眼惺忪、心煩意亂地下樓時，男孩突然從一個角落裡跳出來，熱情地擁抱了他，連珠炮似的問他各種各樣的問題。他很高興還能獨占男爵一分鐘，不用和媽媽分享。他纏著他說，以後一定只把故事講給他聽，不要講給媽媽聽，因為媽媽昨晚說話不算話，沒把最棒的故事講給他聽。艾德加用幾百種幼稚的問題折磨男爵，男爵心情本來就差，被這麼一嚇更是倍感不快，只能極力掩飾自己的情緒。這些問題中混雜著艾德加那暴風雨般的愛的明證，他已經想了這個男人大半天，而且從清晨開始就一直等著他下樓，此刻自然很開心能和他獨處一會兒。

男爵一一回答了他的問題，口氣粗魯。總是在什麼地方伏擊的小毛孩、荒謬透頂的問題，還有那誰也不稀罕的熱情，這些讓他心生厭煩。他厭倦了日復一日地和一個十二歲的男孩一起亂聊。此刻，他只想快刀斬亂麻，找機會和那個女人獨處，但這孩子老是跟著他，給他添麻煩。原本他只是隨便應付他一下，沒料到真的激起了他內心的熱情，一想到這裡，男爵就覺得反感，因為他暫時找不到擺脫這個纏人精的辦法。

不過，試總是要試一下的。他答應十點鐘和艾德加的母親一起去散步，在這之前，他就把男孩的喋喋不休當成耳邊風，只顧著翻閱手中的報紙，時不時地回幾個字，只是為了不讓他感到冒犯。終於，時鐘的分針指向了十二，他像是突然想起來似的要艾德加幫他跑個腿，去另一家旅館櫃檯問問他的堂兄葛倫德海姆伯爵到了沒有。

這個天真無邪的孩子很高興終於可以為自己的朋友做點什麼了，也為男爵讓他傳話而自豪不已，於是馬上跳將起來，瘋狂地往外衝去，把身邊的人都嚇得目瞪口呆。他一心只想向別人證明自己是個多麼快捷的信使。那位伯爵還沒到，不僅如此，櫃檯對他說，這個人到目前為止甚至還沒登記。他風馳電掣地把這個消息帶回自己的旅館。可是，男爵已經不在大廳裡了。於是他去敲他的房門——沒有回應！他忐忑不安地跑遍了所有的房間，包括音樂室和咖啡館，還激動地衝到媽媽的房間裡向她打聽，可是連她也不在了。最終他只能絕望地求助門房，得到了一個令人震驚的消息：母親和男爵幾分鐘前就一起離開了！

艾德加耐心地等待著。他太純潔了，以至於無法從男爵的行為中揣測出什麼惡意。他們肯定很快就回來了，他很確定，因為男爵等著他帶回來的消息呢。然而，時間一分一秒地過去，他內心越來越煩躁。自從這個充滿誘惑的陌生男人踏進他天真無邪的生命裡的第一天起，他就處於一種精神緊繃、倉促又迷惘的狀態中。在他那孩子的精細的機體結構裡，每一縷激情都會留下痕跡，彷彿被刻寫的是柔軟的蠟。他的眼皮又開始顫抖個不停，臉色蒼白得像死人一樣。他等了又等，一開始還很有耐心，之後越來越不安，最後幾乎要哭出聲來了。可是他依舊沒有懷疑男爵。他是那麼盲目地相信這位卓越的朋友，寧願相信這些都是誤會，一種模糊的恐懼折磨著他，他擔心自己剛剛可能聽錯了男爵的指示。

然而，奇怪的是，他們兩個居然回來了，還興高采烈地聊著天，見到艾德加在等他們，沒有表現出絲毫的驚訝。他們似乎沒有太想念他。「我們朝著你剛剛離開的方向出發了，還以為能在半路碰見你呢，艾迪[9]。」男爵解釋說，提都沒提剛剛交代的任務。男孩聽了之後大驚失色，以為他們剛才一直在找他，於是連忙解釋說，自己剛才可是沿著大路直走的，還問他們倆走的是哪個方向。這時媽媽打斷了他：「現在不是沒事了嗎！小孩子話那麼多幹嘛？」

艾德加氣得漲紅了臉。這是母親第二次如此卑鄙地想在他的朋友面前貶低他。她為什麼要那樣做？為什麼她總是試圖把他描述成一個孩子，儘管——他確信——自己根本就不再是孩子了？很明顯，她嫉妒他，她想把他的新朋友搶過去。沒錯，今天肯定是她故意把男爵引到了另一條路上。但他是不會任由她虐待的，他要讓她知道這一點，他要反抗。艾德加決定今天吃飯的時候不和她說話，只和自己的新朋友說話。

可是這對他來說太難了。他完全沒有料到的情況發生了：根本沒有人注意到他在反抗。是的，他們兩個連看都沒看他一眼，哪怕他昨天還是這兩人聊天的焦點！他們聊天時完全跳過了他，有說有笑，彷彿他本人已經在桌底下沉沒了。血湧上他的臉頰，他覺得自己喉嚨裡彷彿卡了一個腫塊，呼吸都費力。他渾身顫抖地意識到自己對眼前所發生的一切無能為力。他難道真的只能定定地坐在這裡，眼睜睜看著媽媽把他唯一所愛的朋友奪走嗎？他連為自己辯護的力量都沒有嗎，只能一味保持沉默？他覺得自己馬上就要站起身

9 艾德加的暱稱。

來，雙手握拳猛地敲桌子了，只為了讓他們兩個注意到他的存在。然而最後他只是緊緊地縮成一團，放下刀叉，動也沒動眼前的飯菜。可是，這兩個人過了很久也沒注意到他頑固地不想吃飯；只是在上最後一道菜的時候，母親才察覺到，於是問他是不是身體不舒服。真噁心，他心想，她腦子裡永遠只有這個理由，那就是我是不是又病了，其他的事她想都懶得想。他簡單地拋下一句，說自己沒什麼胃口，母親對這個理由很是滿意。沒有任何辦法可以讓她注意自己。男爵彷彿也把他拋到了九霄雲外，連一句話都沒和他講過。他覺得眼睛裡一熱，不得不馬上動用小孩子獨有的把戲，飛快地把餐巾紙拿起來擦了擦臉，否則大家就會看到淚水從他臉頰上流下，鹹鹹地沾溼他的嘴唇。這頓飯吃完後，他才鬆了一口氣。

吃晚飯的時候，母親建議可以一起坐車去瑪利亞－舒茨遊玩。艾德加聽後咬了咬嘴唇。所以，她真的是一分鐘都不願意看到他和他的新朋友獨處囉。這時，母親站起身對他說：「艾德加，學校裡學的東西你快忘得差不多了吧，那就在這裡好好待著，讀讀書！」他像小孩子一樣捏緊了拳頭。她總想在朋友面前羞辱他，總是在大庭廣眾下提醒他還是個孩子、還要上學，他之所以能和大人在一起只是因為他們額外開恩。可是這一次，她的目的也太明顯了。他沒有回答，只是轉過了身。

「啊哈，又鬧彆扭了。」她笑著說，然後對男爵說道，「讀一小時對他來說就這麼難受嗎？」

這時，艾德加的心一下子涼了下來，僵硬而無力。男爵回話道：「嗯，讀一兩個小時又不會怎麼樣。」偏偏是男爵說了這樣的話，那個稱他為朋友的男爵，那個笑他整天像老學究一樣待在屋子裡的男爵。

這兩個人是約好了的嗎？他和她站在同一陣線上？孩子的眼中閃過一股怒火。「可是，爸爸送我來這裡可不是為了讓我讀書，而是為了讓我好好休養的。」他帶著對自己的病情的全部驕傲拋出這句話，絕望地抱住「爸爸」這個詞，死守著他的權威。這句話聽起來就像威脅。奇怪的是，此話一出，好像真的引起了眼前那兩個人的不適。母親移開視線，緊張地用指關節敲打著桌子。他們之間陷入了尷尬的沉默。「你愛怎麼想就怎麼想吧，艾迪，」男爵最後勉強笑著說，「反正要考試的人不是我，我老早以前的考試統統考砸了。」

可是艾德加並沒有被這個玩笑逗樂。他只是用一種彷彿要看穿一切的審視目光注視著他，彷彿要觸及他的靈魂。究竟發生了什麼事？他們之間的關係發生了一點變化，然而到底是什麼，男孩又說不上來。他的眼睛不安地環顧著四周。在他的心中彷彿有一把小錘子在急促地敲打，這時他才對男爵產生了懷疑。

「他們到底為什麼和以前不一樣了？」在轆轆前行的馬車上，坐在男爵和母親對面的艾德加此時思索著，「為什麼他們對我的態度全變了？為什麼媽媽在我看她的時候總是避開我的目光？為什麼他在我面前老是開玩笑，扮小丑？他們昨天和前天對我說話時根本不是這樣的，我幾乎覺得眼前這兩個不是他們本人了。媽媽今天嘴唇這麼紅，肯定是塗了口紅。我從來沒見她這樣打扮過。而他呢，老是皺著眉頭，好像被冒犯了那樣。我又沒對他們做什麼，我是不是說過惹他們生氣的話？不，肯定不是因為我，因為他們彼此之間的態度也變了。他們好像做了什麼壞事，憋在心裡不敢說。他們聊天的方式也不同了，很緊張，笑都不笑，肯定在隱瞞著什麼。他們之間有不可告人的祕密。我無論怎樣都要知道這個祕密。我知道，這肯定和書裡寫的、戲裡演的那種東西差不多，一個男人和一個女人，他們互相對唱，投入彼此的懷抱，接著又猛地分開。不知怎的，我覺得這件事肯定和我以前那位法語家庭女教師的事差不多，爸爸和她處得那麼糟糕，最後還把她給送走了。所以這些事都是有關係的，我能感覺到，只是不知道到底是什麼關係。啊，我一定要知道這個祕密，我一定要對它瞭若指掌，這個祕密就是打開所有大門的鑰匙，有了它我就可以變成大人了，因為小孩子總是被瞞著什麼，大家都只想著把他們支開，對他們撒謊。我要知道，要嘛現在，要嘛永不！我要從他們那裡挖出這個可怕的祕密。」

他的額頭上冒出一道皺紋；瘦削的十二歲男孩看來一下子就老了，他是那麼認真地思考著這一切，以至於對窗外的風景視若無睹，哪怕此時四處草長鶯飛，五彩斑斕，群山浸染在針葉林那如洗的翠綠中，山谷被遲來的春日那柔和的光影所環抱。他時不時地看著對面車後座上的兩人，彷彿要用灼熱的目光像魚鉤一樣從他們那波光閃爍的眼眸深處釣出全部的祕密。沒有什麼比強烈的懷疑更能磨練心智，沒有什麼比一條通往暗處的小徑更能開發尚未成熟的智力的全部可能性。有時，將孩子與我們所說的真實世界隔開的只是一扇薄薄的門，一陣意外的微風就能把它吹開。

艾德加突然感受到了這個未知的巨大祕密，它比以往任何時候都更觸手可及，雖然目前還無法破解這個塵封的祕密，可是他知道它就在近處，非常近。這讓他很激動，也使他在行事的時候突然認真得幾近莊嚴。在潛意識裡，他已經感覺到，自己就在童年的邊界。

對面的兩個人都感覺到前面有某種沉沉的阻力，卻沒意識到那是從艾德加那裡來的。三人在車廂裡感覺特別拘謹和局促。眼前這個男孩在黑暗中像炭火一樣閃光的兩隻眼睛綁住了他們的手腳。他們幾乎不敢開口說話，也不敢看著對方。他們之前說了太多熱辣親密的話，太沉迷於冒險調情和小偷小摸的肉體挑逗，已經回不到之前那種輕鬆自如地閒話家常的狀態了。他們的對話總是卡卡的，有頭沒尾，說說停停之餘還要被男孩那鋼鐵般的沉默打斷。

他頑固的沉默對他母親而言尤其是一種負擔。她在一旁仔細地打量著他，吃驚地發現男孩緊緊地抿住嘴唇的樣子和她丈夫生氣或惱怒時簡直一模一樣，自己以前居然從未察覺到。她感到不適，怎麼偏偏在和別人玩貓捉老鼠的調情遊戲之時想到了丈夫。在她眼裡，這孩子就像一個幽靈、一個良心守護者，在這狹窄的車廂裡讓人更加難以忍受，就在十英寸以外，他那黑色的大眼睛正在打量她，那蒼白的額頭後面正在細細考察面前的一切。艾德加突然抬起頭來看著她，兩人同時垂下了眼簾。他們感覺到，這是平生第一次監視對方的一舉一動。之前，母子倆之間一直盲目信任，現在她與他之間卻發生了一些變化。他們第一次開始互相觀察，兩個不同的命運被分開了。兩人都悄悄地憎恨著對方，只是這種仇恨對他們而言還太新，所以沒人敢承認。

馬車再次停在旅館門前時，三個人都長呼一口氣。這次出行真是糟糕透頂，雖然每個人都感受到了，但沒有人敢說出來。艾德加最先跳下車，他的母親以頭痛為由匆匆告辭，說是累了，想自己一個人待著。艾德加和男爵留在後面。男爵付了馬車的錢，看了看錶，然後大步朝大廳走去，對身邊的男孩視而不見。他從艾德加身邊走過，那纖細頎長的後背和瀟灑輕快的步子昨天還讓男孩著迷，讓他想去模仿。男爵就這樣從一邊走了過去。顯然，他忘了還有艾德加，艾德加被晾在馬和馬車夫旁邊，彷彿根本不是他認識的人。

艾德加看著男爵從他身邊離開，心中彷彿有什麼東西被撕成了兩半。一直以來，無論發生了什麼事，他始終像崇拜偶像一樣愛著他。可是現在，他就這樣走了過去，衣服都沒擦到他一下，沒有跟他說一句話，哪怕男孩根本就不知道自己犯了什麼錯。努力維持的鎮靜被一下子撕裂了，像大人一樣做事的尊嚴本來重重地壓在他瘦削的肩頭，此刻也被卸下，他重新變成了一個小孩子，和昨天、和以前一樣渺小而卑微。他不由自主地往前衝去，顫抖不安地跟在男爵身後，然後一下子擋住他的去路，強忍著淚水，幾乎喘不過氣來地對他說：

「我到底做錯了什麼？您為什麼不再理我了？為什麼您現在要這樣對我，又這樣對我的媽媽？為什麼您總是把我支開？是我煩到您了嗎，還是說我做了什麼事讓您不高興？」

男爵嚇了一跳。艾德加說話的聲音讓他困惑，但同時又軟化了他的心。他不禁同情起眼前這個孩子來。「艾迪，你真是個小傻瓜！我只是今天心情不太好。你是一個可愛的小子，我又怎會不喜歡呢？」他邊說邊搖搖頭，卻把臉轉向一邊，為了不看孩子那充滿渴求的雙眼，那雙瞪得大大的眼睛被淚水沾溼了。這場自導自演的喜劇開始讓他難堪。他居然這麼厚顏無恥地玩弄一個小孩子的感情，他那尖細的嗓音和彷彿從地底深處傳來的抽泣聲讓他心疼。「現在上樓去吧，艾迪，我們今晚會和好如初的，相信我。」他安慰道。

「但你不會讓媽媽送我回自己的房間，對不對？」

「不不不，艾迪，怎麼會呢？」男爵笑著說，「你先上去吧，我要換件衣服吃晚飯了。」

艾德加離開了，心裡閃過一陣喜悅。然而，那把錘子很快又在他心裡敲打起來。他已經不是昨天的他了，他一夜之間就長大了幾歲；懷疑，就像一個陌生的房客一樣，進駐了他那稚嫩的胸膛。

他等著。這是一場決定性的考驗。他們三個一起在桌子前就座。已經九點了，可是母親沒有送他去睡覺。他開始坐立不安起來。平時對睡覺時間錙銖必較的她，今天為什麼允許他待這麼久？是因為男爵背叛了他，把剛才的談話和他的心願告訴了母親嗎？突然間，他對剛才那麼充滿信任地追在男爵身後感到深深的悔恨。十點了，母親起身向男爵道別。奇怪的是，男爵對母親這麼早就告辭絲毫不驚訝，甚至沒有像往常一樣挽留她。疑慮的錘子在孩子的胸膛裡敲得越來越響了。

最嚴酷的試驗現在才開始。艾德加不頂嘴，裝作毫無戒心的樣子和母親一起走到大廳門口。這時他突然睜大了眼睛。他看到了，就在那轉身離開的一瞬間，母親越過他的頭看著男爵，用一個微笑的眼神和他悄悄示意。那是一個心照不宣的眼神，一個密謀的眼神。所以，男爵真的背叛了他：今天好好哄你一下，明天你就不會來礙手礙腳了。

「混蛋。」他喃喃自語。

「你說什麼？」母親問道。

「沒什麼。」他咬牙切齒地說。從今天開始，他也有自己的祕密了。這個祕密名叫恨，對他們兩人無邊無際的恨。

沉默

艾德加的不安現在已經煙消雲散。他終於享受到了一種純粹又清晰的感覺：那是仇恨，還有無須遮掩的敵意。既然他肯定會妨礙他們，那麼和他們在一起對他來說就意味著有一種殘酷又說不清道不明的樂趣。一想到自己可以擾亂他們的行動，他就陶醉不已，巴不得馬上集中所有的敵意來對付他們。他先給男爵來了個下馬威。早上，男爵一從房間下來便熱情地問候道：「早安，艾迪。」艾德加坐在扶手椅上，嘴裡嘟囔著什麼，頭也沒抬，只是生硬地回了一句「早」。「你媽媽在樓下嗎？」艾德加依然低頭看著報紙：「不知道呢。」

男爵頓了一下。發生了什麼事？「昨晚失眠了嗎，艾迪？」他覺得和往常一樣，說說笑笑應該會有所幫助。然而艾德加只是輕蔑地回了一句「沒」，接著又重新埋頭在報紙堆裡。「蠢小子。」男爵自言自語道，聳聳肩，繼續往前走。敵意已經昭然若揭。

面對母親，艾德加禮貌又冷靜。母親笨拙地試著叫他去打打網球，結果被冷冷地拒絕了。他的嘴唇微微上揚，像是要微笑，但那皺起來的嘴角又帶著一絲惱怒，表明他已經不再允許自己上當受騙了。「我更想和你們倆一起散步，媽媽。」他假裝友善地說道，邊說邊看向她的眼睛。她顯然沒準備好回答，於是猶豫了一下，似乎在思索什麼。「在這裡等我一下。」最終她打定了主意，去吃早飯。

艾德加等著。他的不信任時刻活躍著。一種不安定的本能使他在這兩個人說話的字裡行間都嗅到了一種祕密的敵意。懷疑的心現在在他做決定的關頭能賦予他一種奇特的洞察力。艾德加沒有按照母親的指示在大廳裡等待，而是走到主幹道上，在那裡，他不僅可以監視旅館的主入口，還能把所有的門盡收眼底。他身上的什麼東西告訴他，他被騙了。可是他們休想逃出他的手掌心。在大道那邊，他學那些關於印第安人的書裡描寫的那樣，躲在一堆木樁後面。半小時過後，他得意地笑了起來，母親果然從側門走了出來，手裡拿著一束絢麗的玫瑰，後面跟著男爵、那個叛徒。

這兩人看起來心情大好。他們是不是以為擺脫了他，守住了那個祕密，所以鬆了一口氣？他們談笑風生，準備沿著林間小路走。

時候到了。艾德加假裝優哉游哉地散著步，彷彿不經意一樣從木堆後面踱了出來。他異常平靜地走到兩個人面前，不疾不徐地欣賞他們驚慌失措的樣子。男爵和母親嚇壞了，交換了一個震驚的眼神。男孩慢慢走上前來，彷彿這次碰面理所當然，一秒鐘也沒把嘲諷的目光從他們身上移開。「啊呀，你來了，艾迪，我們剛才一直在旅館裡找你呢。」媽媽總算開口說了一句話。這謊撒得真無恥，男孩心想。然而他的嘴唇動也沒動。他把仇恨的祕密深深地藏在咬得緊緊的牙齒後面。

三個人在周圍徘徊不定地走來走去，彼此留神著對方的表情。「快走吧。」母親惱火又無奈地說道，邊說邊扯下一朵玫瑰，翕動不已的鼻翼暴露了她的憤怒。艾德加走走停停，不時抬頭看天，彷彿事不關己，等他們走遠一點的時候，又飛快地跑步跟上。男爵最後放手一搏：「今天有網球比賽喔，你以前看過嗎？」艾德加只是輕蔑地看著他。他一字不說，只是抿了抿唇，像是要吹口哨，那便是他的回答。他的仇恨表露無遺。

不請自來的艾德加像大山一樣壓在這兩個人身上。他們像囚犯一樣捏緊了拳頭往前走，後面跟著監獄守衛。雖然男孩什麼也沒做，他們卻越來越受不了，覺得度日如年——他那窺視的目光、被倔強的淚水打溼的雙眼，還有那壓抑著怒火的怏怏不樂的樣子，簡直拒人於千里之外。「你倒是快走呀，」母親突然生氣地說，被他那沒完沒了的窺視激怒了，「別一直在我身邊晃來晃去的，搞得我精神緊張！」艾德加聽從了，然而沒過幾分鐘就轉過身，站定等著他們趕上來，他的目光就像獵犬或者魔鬼，緊緊地繞著他們轉，織起一張火熱的仇恨之網，隨時等著把他們拖進網中，兩人感到自己已經無法逃脫。

他惱怒的沉默像強酸一樣腐蝕了他們的好心情，他的目光荼毒了他們每一句剛到嘴邊的話。男爵一句調情的話也不敢說，他惱火地察覺到這個女人正逐漸脫離自己的掌控，難得煽動起來的情欲現在居然因為害怕眼前這個纏人、且令人反胃的小鬼而冷卻下來了。他們一直試著重新開始對話，但說不了半句就沒有下文了。最終，他們三人只能默默地返回，除了樹葉颯颯作響的聲音和自己那悶悶不樂的腳步聲，什麼也沒聽見。這個孩子扼殺了他們的對話。

此刻，三個人心中都充滿了敵意。被背叛的孩子津津有味地感覺到，這兩個人的怒火是怎麼毫無防備地積聚起來對抗他那被無視的存在的。他不時眨眨眼，用輕蔑的眼神掃過男爵那憤懣的面孔。他看到男爵怎麼咬牙切齒地忍住不說髒話，巴不得下一秒就瘋狂地咒罵他，同時又帶著惡毒的快樂注意到母親的怒火不斷上升，他倆都渴望找個理由向他撲來，把他趕走或者使他無害。可是艾德加沒有給他們任何機會，因為他的仇恨是那麼深思熟慮，沒有一絲縫隙可以鑽。

「我們回去吧！」媽媽突然說道。她覺得自己馬上就要受不了了，必須做點什麼，否則就會在這樣的煎熬下大叫出聲。「好可惜，」艾德加平靜地回答，「風景那麼美。」

兩人都注意到孩子在嘲笑他們，但又什麼都不敢說，這小暴君這兩天來學會了太多東西，控制自己的言行完全不在話下。他一臉冷峻，絲毫不暴露出自己那尖銳的諷刺。於是，兩人只能一言不發，走了一段長路才回到旅館。等到只有艾德加和母親兩人待在房間裡時，母親心中的怒火還沒消退。她生氣地將陽傘和手套一把扔掉。艾德加注意到她現在精神緊張，想要發洩。可是他偏偏想看她失態，於是故意留在房間裡不走，以此激怒她。母親來回踱步，站起來又坐下去，不斷用指關節敲擊著桌面，然後又跳將起來：「你怎麼這麼邋遢，你又去哪裡逛了，把自己搞得蓬頭垢面！你就會讓我在別人面前丟臉。都這麼大了，不會難為情嗎？」

男孩沒有回答，默默地走到一邊梳頭。那種沉默，那種固執、冰冷的沉默，還有那唇邊輕蔑的微笑，讓她抓狂。她巴不得狠狠地揍他一頓。「回你自己的房間！」她對他大吼。她再也受不了他了。艾德加微笑著離開了母親的房間。

他們兩個，男爵和母親，在他面前是多麼害怕，害怕得發抖，他們害怕每分每秒的共處，害怕他的目光，那無情的鐵爪！他們越是覺得不舒服，他的眼神就越是滿意，他的幸災樂禍就越是咄咄逼人。艾德加現在用孩童的那種野獸般的殘忍來折磨眼前這兩個手無寸鐵的人。男爵還能勉強克制住自己的怒火，畢竟他還奢望著能對男孩耍耍花招，實現自己的目的。然而，母親卻逐漸失控。她不停地對艾德加大喊大叫，彷彿這樣可以獲得一時半刻的解脫。「你又在玩什麼叉子，」她在吃飯的時候對他厲聲喝道，「你這個沒教養的蠢貨，根本就不配和大人坐在一起。」艾德加聽了只是保持微笑，邊笑邊把頭轉過去。他知道母親吼他只是出於絕望，見到母親這樣暴露自己的無助，他很得意。他現在平靜得就像個醫生。之前，他可能還會搞點惡作劇來惹惱母親，可是現在，他學會了新的招數，人在仇恨當中總是進步神速。他只是保持沉默，沉默又沉默，直到她在沉默的壓力下放聲尖叫。

母親再也受不了了。當她吃完飯站起身，艾德加又理所當然一樣跟在他們後面的時候，她爆發了。她把所有的深思熟慮忘得一乾二淨，一口把真相吐了出來。他偷偷地跟在她身邊折磨她，她就像一匹被蒼蠅叮咬的馬一樣垮了下去。「你一直像個三歲小孩子一樣跟著我幹什麼？我不想再被你黏著了。小孩子是小孩子，大人是大人。你給我記好了！你就不能自己待一個小時嗎！讀點什麼東西，做你自己想做的事。別來煩我！你整天在我身邊走來走去，讓我神經緊張。不要整天在我面前板著臉，我看了想吐！」

他終於逼她說出來了，終於！艾德加微笑著，男爵和母親這時尷尬得無地自容。她轉過頭去，想說些補救的話。她很是生自己的氣，剛才在兒子的面前居然坦白說自己受不了他。但是艾德加只是冷冷地回答說：「爸爸把我送到這裡不是為了讓我自己一個人待著。他要我向他保證，會萬事小心，而且一直和你在一起。」

他特別強調了「爸爸」這個詞，因為他之前就注意到，這個字眼一出，男爵和媽媽就彷彿被麻醉了一樣。所以，這個火熱的祕密裡面，他爸爸也有份。爸爸一定暗暗支配著這兩個人，因為一提到他的名字他們就害怕，就不自在。這一次，他們也啞口無言。三人之間劍拔弩張。母親走在最前面，男爵陪著她。跟在身後的是艾德加，然而不像謙卑的僕人，更像一個看守，強硬、嚴厲、冷酷。他手中握著那條束縛著他倆的無法砍斷的鎖鏈。仇恨強化了他原本幼稚的力量；一無所知的他，比那兩個被祕密所束縛的人更強大。

說謊者

可是時間已經不多了，男爵再過幾天就要離開，必須好好利用最後的機會。他們覺得反抗這個愛賭氣又固執的孩子沒有用，於是只能採取最後的，也是最可恥的辦法：逃跑。哪怕能擺脫他的暴政一兩小時也好。

「幫我把這些掛號信送去郵局。」母親對艾德加說。他們兩個正站在大廳裡，男爵在外面和一輛出租馬車的車夫說話。

艾德加滿腹疑慮地接過這兩封信。他注意到，之前有個僕人向他母親傳達了一些訊息。他們兩個是不是一起策畫著什麼對付他的陰謀？

他猶豫了一下。「那你在哪裡等我？」

「就在這裡。」

「真的嗎？」

「當然。」

「你別走啊！所以你會在大廳裡等我回來嗎？」

艾德加感受到一種優越感，他對母親說話時已經儼然一位司令官。與前天相比，他們的關係發生了很大的變化。

接著他便拿著兩封信離開了。在門口他遇到了男爵。這是兩天以來他第一次和男爵說話：

「我只是去寄信。媽媽在大廳裡等我回來。也請您別提前離開。」

男爵飛快地從他身邊擠過去。「好的，好的，我們會等你。」

艾德加衝向郵局。他排了很久的隊。在他前面的一位先生向郵局職員提了十幾個無聊的問題。好不容易他才完成了任務帶著回執回來，卻剛好碰見母親和男爵坐著馬車離開了旅館。

他氣得目瞪口呆。他差點就彎下腰來撿石頭朝他們的馬車扔去。所以，他們終究還是擺脫了他，卻是藉由卑鄙無恥的謊言！雖然他昨天開始就知道母親在說謊，可是，她居然這麼無恥，當著大家的面，無視對他的承諾，這破壞了艾德加對她的最後信任。儘管還沒看透人生的全部，可是艾德加已經明白，人家所說的話的背後根本不是他以前所以為的現實，這些話語只是一些彩色肥皂泡，不斷膨脹，隨時都會破裂。但究竟是什麼可怕的祕密，讓這兩個成年人對他這個小孩子撒謊，而且最後還要像罪犯一樣逃之夭夭？他在書裡讀到過，人會因為各種各樣的事實施謀殺與欺騙，為了金錢，為了權力，或者為了奪得一個王國。可是這兩個人到底有什麼不可告人的祕密，要用一百個謊言瞞著他，他們到底要掩蓋些什麼？他絞盡腦汁地想來想去。他有種直覺，這個祕密就是童年的門鎖，只要打開它，就能進入成年人的世界。他終於，終於可以成為一個男人了。啊，只要讓他知道這個祕密！然而他已經不能清晰地思考了。對他們出逃的憤怒像烈火一樣燒盡，像煙霧一樣遮蓋了他那原本清澈的目光。

他跑到了樹林裡，遁入沒人能看到他的黑暗之中，然後任由滾燙的淚水在臉上流淌。「謊話精，畜生，騙子，壞蛋！」這些話他必須大聲喊出來，否則他會窒息的。幾天以來的怒火、不安、憤懣、好奇、無助和被人背叛，一直在幼稚的掙扎中，在他對長大成人的迷狂中壓抑著，此刻刺破了他的胸膛，化為熱淚。這是他童年時代的最後一次哭泣，最後一次瘋狂的號啕大哭，最後一次像小女孩一樣屈服於淚水。在這極盡憤怒的時刻，他把體內的一切都哭了出來，信任、愛、信念、尊重——他童年的一切。

回到旅館的艾德加已經判若兩人。此時的他冷靜、謹慎。他先回到房間，仔細地洗了把臉，抹去眼睛周圍的淚痕，以免他們看到自己哭過而得意揚揚。接著，他細心考慮了一下接下來該怎麼做。他耐心地等待著，沒有任何不安。

載著兩個逃亡者的馬車回到旅館的時候，大廳裡已經人聲鼎沸。幾位先生在下棋，還有一些在看報，女士則聊著家常。男孩在他們之間一動不動地坐著，臉色有點蒼白，目光微微顫抖。母親和男爵從門口進來，突然對上了他的目光，不禁有點尷尬。正當他們結結巴巴地想說出早就準備好的藉口時，艾德加面無表情地走上前來，彷彿下戰書一樣對男爵說：「男爵先生，我要跟您說件事。」

男爵很不安。他覺得自己好像被人抓了個正著。「好的好的，等一等哦，馬上！」但是艾德加已經開始說了，聲音洪亮又尖銳，周圍的人都能聽到：「可是我現在就想和您談談。您的行為非常惡劣。您欺騙了我。明知道媽媽在等我，您居然還……」

「艾德加！」看到周圍的人都在看自己，母親馬上大喊著朝男孩衝了過來。

見母親想要大喊大叫蓋過他說的話，艾德加突然提高了音量：

「我要在大家面前再說一遍。您對我說謊了，這很無恥，也很可悲。」

男爵面色慘白，在座的人紛紛抬起頭來看著他，有些開始偷笑起來。

母親一把扯住孩子，激動得渾身發抖：「馬上回你房間，不然我就當著大家的面揍你一頓。」她結結巴巴地低聲說道。

可是艾德加很快恢復了平靜。他很可惜自己剛剛沒把握好激情的分寸。他不滿意剛才的發言，因為本來他是想冷靜地挑戰男爵的，然而怒火一時間比他的意志更旺。這時，他冷冷地轉過頭，不慌不忙地朝樓上自己的房間走去。

「對不起，男爵先生，這孩子太無禮了。您也知道，他平時就神經兮兮的。」她支支吾吾地擠出這句話，被周圍人盯著自己的惡意眼神搞得心慌意亂。在這個世界上，她最怕的就是醜聞，她知道現在必須保持鎮定。她沒有奪路而逃，而是先去找門房，裝模作樣地問起有沒有她的信之類無關緊要的事，然後才假裝平靜地走上樓去。在她身後，隱約傳來大家議論紛紛的聲音，還有強忍住的笑聲。

她放慢了步子。每當有什麼嚴肅狀況出現時，她總是手足無措，而且非常害怕和別人當面起衝突。她無法否認，這件事是她的錯，而且，她是那麼害怕這孩子的目光，那種前所未見的、陌生又反常的目光，每次和他對視，她都像癱瘓了一樣，內心忐忑不已。出於害怕，母親決定採取懷柔政策。因為在此前的戰鬥中，她已經意識到，眼前這個被激怒的孩子比她更強大。

她悄悄地打開門。男孩坐在那裡，冷靜得可怕。他抬眼看向她，沒有一絲懼意，甚至連好奇都沒有。他似乎很確定自己要做什麼。

「艾德加呀，」她盡可能地用母親的口吻對他說話，「你剛才到底是怎麼想的？我為你感到羞恥。你怎麼可以這麼調皮，居然對一個大人說這樣的話！待會兒請向男爵先生道歉。」

艾德加看著窗外。他喃喃說出的「不」好像是對外面的樹說的。他的鎮靜讓她驚慌。

「艾德加，你到底怎麼了？為什麼和以前完全不一樣了呢？我差點就認不出你了。一直以來，你都是個聰明、聽話的好孩子，現在突然這樣，好像中了邪似的。你跟男爵到底有什麼仇？你以前很喜歡他的，不是嗎？他對你那麼好。」

「是很好，為了認識你罷了。」

她開始不安起來。「胡說八道！你怎麼會這樣想啊？」

這時男孩一下子站起身來。

「這個人是個騙子，他所有一切都是裝的。他很卑鄙，事先把什麼都算計好了。他對我好，還答應要送我一隻狗，其實都只是為了接近你。我不知道他答應了你什麼，也不知道他為什麼對你那麼好，可是，媽媽，我能肯定的是，他對你有所企圖。要不然他根本不會對我們那麼禮貌、那麼友善。他是壞人。他說謊。媽媽，你好好看看，他的一舉一動都那麼假。啊，我恨他，我恨這個可憐的騙子，這個壞蛋⋯⋯」

「可是艾德加啊，你怎麼能這樣說話呢？」她的大腦一片混亂，無言以對。心裡有個聲音在告訴她，艾德加說的話是對的。

「我就要說，他是個壞蛋，無論怎樣我都不會改變對他的看法。你睜大眼睛好好看看他。他為什麼要怕我？為什麼躲著我？因為我看穿了他，他感覺到我已經知道他是個什麼樣的人，這個人渣！」

「你怎麼可以說這種話，你怎麼可以說這種話？」母親的思緒已經乾涸，只有蒼白的嘴唇還機械式地重複著這兩句話。突然間，她開始害怕起來，只是不知道怕的是男爵還是眼前這個孩子。

艾德加注意到他的警告奏效了，於是不由自主地想把母親拉攏過來，為了可以一起同仇敵愾對付男爵。他溫柔地走到母親身邊，擁抱她，聲音因為激動而顯得諂媚。

「媽媽，」他說，「你一定已經注意到了，他不安好心。他改變了你，是你變了，而不是我。他教唆你反對我，這樣以後就可以獨占你了。他肯定只是想騙你。我不清楚他答應了你什麼，可是我知道他得手之後一定不會信守自己的承諾。你應該防著他。他既然能騙我，那下一個就能騙你。他是個惡人，我們不該信任他。」

艾德加說話的聲音是那麼溫柔，幾乎含著淚水，聽起來彷彿發自她自己的內心。其實從昨天開始，她就感覺到了一種不安，心裡有個聲音在不斷重複艾德加剛剛說過的話，那聲音越來越深入，越來越堅定。然而，她羞於贊同自己孩子的說法。於是，就像大多數人那樣，母親在壓倒性的尷尬面前只能訴諸語言暴力。她直起了身子。

「小孩子懂什麼。這些事還輪不到你來插手。你給我守規矩一點。就這樣。」

艾德加臉上的表情一下子凝固了。「隨便你，」他冷冷地說道，「反正我警告過你了。」

「所以你還是不想道歉？」

「不。」

他們嚴肅地對峙著。她覺得自己的權威岌岌可危。

「那你就一個人在房間裡吃飯吧。在你向男爵先生道歉之前，不准和我們一起吃飯。以後我再教你怎麼守規矩。沒有我的允許，禁止離開房間。明白了嗎？」

艾德加微微一笑。那詭譎的冷笑似乎已經和他的嘴角長在了一起。他心裡很生自己的氣。他怎麼那麼蠢，又一次心軟了。他居然想要警告眼前這個人，然而她也是個騙子。

母親快步走了出去，沒再看他一眼。她害怕那雙銳利的眼睛。這個孩子讓她感到不適，因為她感覺到，他看得其實是最清楚的，他所說的是她一直不想知道也不想聽見的真相。對她來說，這太可怕了，就好像她的良心從她的身體裡分離了出去，偽裝成一個男孩的樣子站在她面前，在她面前走來走去，警告她，看她被大家嘲笑。到目前為止，這個孩子一直和她如影隨形，就像一件珠寶或者一個玩具，可愛又熟悉，雖然有時會成為負擔，但畢竟還是和她的人生風雨同舟。今天，他第一次站起身來，公然違背她的意志。想起這個孩子的時候，她的心裡不得不摻雜了絲絲仇恨。

然而，當她略帶疲憊地順著樓梯往下走時，那小孩子的聲音再次在胸膛中響起：「你要防著他。」——這警告一直在，無法擺脫。就在這時，她路過了一面鏡子，她疑惑地往裡一看，卻越看越深，直到最後，她的嘴角開始泛起微笑，雙唇微微動起來，彷彿要說出一個危險的詞。儘管心裡的那個聲音依舊，母親此刻卻猛地聳了聳肩，彷彿要一下子把這些沒憑沒據的疑慮都抖掉。她朝鏡子拋去明媚的一笑，整了整洋裝，然後便神色堅定地往樓下走去，彷彿一個賭徒，正把自己剩下的最後一塊金子叮噹一聲扔到賭桌上。

月光下的蹤影

侍者把食物端給正在軟禁中的艾德加，然後鎖上門。男孩聽見身後傳來咔嗒一聲，憤怒不已，他明明是在替媽媽著想，現在居然被關了起來，好像他是什麼猛獸一樣。他內心有種陰暗的衝動在蠢蠢欲動：

「我被鎖在這裡的同時，他們那裡會發生什麼事？他們兩個現在在聊什麼？祕密明明就在眼前，我卻要和它擦肩而過嗎？噢，這個我在大人之間時時刻刻都能感受到的祕密，這兩個人每晚都會關上門，竊竊私語，就為了討論這個大祕密，而我意外地走進了他們的地盤，這個祕密已經近在眼前，逃不掉了，但我還是不知道它是什麼！為了知道這個祕密，我什麼都做得出來！以前我從爸爸的書桌上偷過書來看，裡面寫了很多莫名其妙的東西，只是我看不懂。彷彿它上面有一個封印，必須破除之後才能讀懂裡面的內容，而鑰匙就在我自己身上，又或者在別人身上。我跑去問女僕，讓她跟我解釋書裡的這些段落，但她只是一味嘲笑我。當孩子真可怕，明明充滿了好奇，卻不能問別人，只能在大人面前出洋相，最後淪落成一個愚蠢無用的東西。可是，我會知道的，我感覺到了，很快我就會知道這個祕密是什麼。它的一部分已經在我手裡了，在沒有得到全部之前，我絕不放手！」

他側耳細聽，看有沒有人來。一陣微風吹過外面的樹叢，將樹蔭間那像鏡子一樣、呆滯不動的月光打碎成千百塊搖曳的碎片。

「他們兩個所做的肯定不是什麼好事，否則就不會這樣說謊來支開我。他們兩個現在當然在嘲笑我了，真該死，現在總算擺脫我了是吧？可是等著，笑到最後的人會是我。我剛才真是太蠢了，為什麼不繼續黏著他們，監視他們的一舉一動，而是把話說出來，結果讓自己被關在這裡，給了他們一時半刻的自由？我知道，大人總是粗心大意，不時會暴露自己。他們以為我們還小，天一黑就要呼呼大睡，可是忘記了我們會假睡、會偷聽，我們也會偽裝，也很聰明。前不久，姑姑生了孩子，大人早就知道了，只是在我們面前假裝驚訝。但是我早就知道了，因為就在幾週前的一個夜裡，我假裝睡著了，於是偷聽到了他們的談話。這次我也要把他們嚇個猝不及防，這些混蛋。啊，如果能透過門縫看到什麼就好了，那我就會在他們自以為很安全的時候偷看他們。現在我是不是應該按鈴把女僕叫過來？她會過來開門，問我想要什麼。或者，我可以大鬧特鬧，摔盤子，這樣就會有人來開門，在那一瞬間我可以趁機溜出去，繼續竊聽。可是不，我不想那樣做。我不想讓別人看到他們是怎麼虐待我的。我不想認輸。明天我要對這兩個人十倍奉還。」

他聽見下面傳來女人的笑聲。艾德加嚇了一跳：那可能是他的母親。她有理由笑，更有理由嘲笑他，他這個弱小無助的孩子，誰要是覺得他煩了就把門一關，鑰匙一轉，把他像一團溼漉漉的髒衣服扔到角落裡就行了。但這個聲音不是她的，而是一個他不認識的女孩子的，此時這個女孩正在高興地和一個年輕人打鬧呢。

就在這時，他注意到自己的窗戶離地面很近，幾乎就在他發覺到這一點的時候，他就打定了主意，跳下去，在他們以為自己很安全的情況下偷聽他們。他為這個決定感到興奮。那個偉大而閃閃發亮的童年祕密彷彿就在手中。「跳下去，跳下去。」這個想法在他心裡顫抖不已。沒有什麼危險。周圍一個人也沒有。他於是一躍而下。落在碎石上的時候響起了一陣微弱的沙沙聲，沒有人聽見。

這兩天以來，潛伏和竊聽已經成了他人生的一大樂趣，此刻，他在興奮快樂之餘不由得感到一陣隱約的恐懼，他小心地避開明晃晃的路燈，悄悄地在旅館周圍踱步。他先去了餐廳，謹慎地把臉貼在玻璃上往內窺探。他們平常坐的座位空著，然後他繼續一個窗口一個窗口地觀察。他沒冒險走進旅館裡面，生怕在走廊上和他們偶遇。什麼地方都找不到他們的蹤影。就在他瀕臨絕望之時，兩個人影從門口走出來——他嚇了一跳，立馬躲進暗處——他的母親正和她那避無可避的伴侶一起。他來得正好。他聽不懂他們在說些什麼。他們幾乎是在竊竊私語，從樹叢間呼嘯而過的風把聲音蓋過了。然而，就在此刻，他聽到了一陣響亮的笑聲，那是他母親的聲音。他從未聽她這樣笑過。那是一陣尖銳、嬌嗔，而神經質的大笑，讓他覺得奇怪，也使他恐懼。既然她在笑，那麼他倆瞞著他的祕密不可能是什麼危險而波瀾壯闊的東西。想到這裡，艾德加不免有幾分失望。

但是他們為什麼要離開旅館呢？現在這麼晚了，他們要去哪裡？狂風在高空中掃動巨大的翅膀，原本月色明朗的天空，此時突然一片漆黑。無形之手拋出的黑布不時包裹著月亮，讓夜變得難以穿透，道路變得難以辨認，等到月亮掙脫烏雲的時候，夜空才又重新煥發光彩。一道冰冷的銀光在大地上流瀉。這場光影遊戲神祕又刺激，彷彿一個女人，半遮半露地嬉戲不止。此刻，風景又一次剝光了她的身體：艾德加看到那兩個人影沿著對角線穿過小路，或者更確切地說，是一個人影，因為他們貼得那麼緊，彷彿內心的恐懼將他們聚攏在一起。但他們兩個現在要去哪裡？松樹在狂風中呼嘯，森林裡一片詭異的喧囂，彷彿有人在裡面狩獵。

「我就跟在他們後面，」艾德加想，「在這狂風和森林的喧囂中，他們聽不見我的腳步聲。」當下面兩個人重新走回寬闊明亮的道路上時，他只能從一棵樹後輕輕地跳到另一棵樹後，從一片陰影逃到另一片陰影。他固執而無情地跟在他們身後，慶幸狂風讓他們聽不見自己的腳步聲，又詛咒它刮得自己聽不清楚他們說的話。如果他能聽到他們的對話，哪怕只有一次，他就能知道這個祕密。

下方的兩人毫無防備地繼續往前走。在這個漫長又混亂的夜晚，他們因為能在一起而幸福不已，並在節節上升的興奮中迷失了自我。沒有任何預感在警告他們，他們不知道，在這盤根錯節的黑暗中，自己的每一步都被監視著，上面有兩隻眼睛正定定地追蹤著他們的身影，帶著仇恨與好奇。

突然，他們停了下來。艾德加也立刻停下來，躲在一棵樹後。一種暴風雨般的恐懼席捲了他。如果他們現在折返並趕在他前面回到旅館，那怎麼辦？如果他沒法及時回去而他的母親發現房間空無一人，那怎麼辦？那樣的話一切都完了，他們會知道他在暗中監視他們，他以後不用再指望從他們那裡竊取什麼祕密了。這時，兩個人好像陷入了什麼爭執，猶豫不前了。多虧了這月光，艾德加把一切看得清清楚楚。男爵指著一條通向山谷的黑暗狹窄小路，那裡不像月光如注的大路，而只有一些零星的、水滴一樣的曖昧光線。「他為什麼要去那裡？」艾德加顫抖了一下。他的母親似乎在說「不」，可是男爵一直在固執地勸說她，艾德加從他說話時的手勢就看得出來。男孩被恐懼攫住了。這個人想從他媽媽那裡得到什麼？他、這個壞蛋，為什麼要把她拖到暗處？從他以前讀的書中——那些書對他而言就是整個世界——他想起來一些東西，關於綁架與謀殺、關於一些不可告人的野蠻罪行。他想殺了她，沒錯，所以才想把他支開，把她一個人引來這裡。他要不要大聲呼救？

凶手！這兩個字幾乎已經到了喉頭，可是他的嘴唇發乾，一點聲音也發不出來。他的精神高度緊張，現在連身子都直不起來，他害怕得伸手去扶住點什麼——這時，一根樹枝被折斷了。

兩人一驚，轉頭看向黑暗深處。艾德加雙臂併攏，靜靜地靠在樹上，小小的身體蜷縮在陰影裡。周圍是死一般的寂靜。然而，面前這兩個人好像被嚇到了。「我們還是回去吧。」他聽到媽媽說道。她的聲音聽起來好像非常害怕。男爵顯然也很不安，於是同意了。兩人緊緊貼在一起，慢慢地往回走。她內心依舊放不開，這恰恰為艾德加製造了機會。男孩現在匍匐在地，躲在樹叢下面，他緩緩朝森林的轉角處爬去，雙手在地面上擦得鮮血直流，從那裡開始，他拚命往旅館跑去，上氣不接下氣，一下子衝到樓上。幸好他房間的門鑰匙還插在門外，他轉動鑰匙，跑進房間，一下子倒在床上。他不得不休息幾分鐘，因為心臟還在胸膛裡瘋狂地跳動著，像鐘舌不停地敲擊著大鐘的內壁。

那之後他才敢站起身來，靠在窗戶上，等著他們回來。這一等肯定要很久。他們兩個一定走得很慢。他小心翼翼地從窗框的陰影中探出頭來。這時，他們終於慢條斯理地回來了，衣服上灑著閃亮的月光。在綠瑩瑩的光輝下，他們看起來儼然鬼魅，他心裡湧上一股甜蜜的恐懼，這個男人真的是殺人犯嗎？他剛才真的用自己的力量阻止了一件可怕的事發生嗎？他們那慘白的臉在他眼裡一覽無遺。母親臉上有種他從未見過的喜悅和陶醉，而他看起來則很生硬，心情惡劣，顯然是因為剛剛沒得手。

他們快走到旅館了。就在旅館大門前面不遠，他們才鬆開彼此。他們會抬頭看向我這裡嗎？不，沒人抬頭。「他們把我忘到九霄雲外了，」男孩憤怒地想道，隨之又有種暗暗的勝利感，「可是我沒忘記你們。你們以為我乖乖睡著了，一步也沒有離開我的房間嗎？那就大錯特錯了。我會監視你們的一舉一動，直到搞清楚那個壞蛋的祕密、那個讓我害怕得睡不著的祕密。我會撕碎你們的同盟。我不會睡覺的。」

兩人緩緩推門而入。他們一前一後走進去的時候，落在地上的兩個影子再次擁抱了一秒，然後便在門前明亮的燈光下化為一道黑色的線條。旅館前面的那片空地，在月光映照下就像一片茫茫的雪原。

突襲

艾德加上氣不接下氣地從窗邊縮回身。恐懼使他渾身顫抖。在此前的人生裡，他還從未離一個祕密如此之近。對他來說，那個充滿刺激與冒險、謀殺與欺騙的世界只存在於書本裡、童話裡、夢境裡，都是一些虛幻而不可觸及的東西。可是今天，他突然墜入了這個恐怖的世界之中，他的整個生命都因為各種始料未及的奇遇而像發高燒一樣震顫不已。這個闖進他們生命的神祕人到底是誰？他真的是殺手嗎？把他母親引到偏僻的地方、拖到黑暗之中就為了奪走她的性命？可怕的事彷彿還在前面。他不知道該如何是好。他明天一早一定要給爸爸寫信或者發電報。可是就不能今晚做嗎？媽媽還沒回房間，她還和那個面目可憎的陌生男人在一起。

在裡面的門和外面那道輕輕一推就能移動的、裱糊紙做的門之間有一個狹窄的空間，不比一個衣櫃寬。他躲進了那一掌寬的黑暗縫隙裡，為了竊聽走廊上的腳步聲。因為他決定了，一秒鐘也不能讓他們兩個單獨相處。在午夜時分，走廊空無一人，零星的幾盞燈散發著微弱的亮光。

終於——這幾分鐘是那麼漫長——他聽見有人躡手躡腳地走上樓來。他屏息靜聽。這不是人家要回旅館房間時那種飛快的腳步聲，它拖拖拉拉，踱來踱去，慢條斯理，好像在走一條無比艱辛的上山路。在腳步聲的空檔是不時停下來的竊竊私語聲。艾德加激動得渾身發抖。在走廊的那邊是他們兩個嗎？他還和她在一起嗎？低聲細語的聲音離得太遠聽不見，可是腳步聲卻越來越近了，雖然還是帶著點猶豫，卻越來越清晰。此時，他突然聽見男爵用他那令人厭惡的沙啞嗓音輕輕地說著什麼，艾德加一個字也沒聽清楚，然後他聽見母親激烈反抗的聲音：「不行，今天不行！不行。」

艾德加顫抖不已，他們過來了，現在他什麼都能聽見了。腳步聲雖然很輕，卻每一步都重重地踩在他胸上。男爵的聲音，那貪得無厭、令人作嘔的聲音，聽起來是那麼可憎！「您不要對我這麼殘忍嘛。您今晚真的美極了。」接著另一個聲音說：「不行，不可以，不可以，請您放開我。」

母親的聲音是那麼恐慌，艾德加聽著都要窒息了。他究竟想從她身上得到什麼？為什麼她會怕成這樣？他們越走越近，幾乎就在房門前了。他躲在他們看不見的薄薄布簾後一手寬的地方，渾身顫抖著。他們說話的聲音是那麼近，幾乎都要碰到他的呼吸了。

「您行行好吧，馬蒂爾德，聽我一次！」他又聽見母親呻吟和喘息的聲音，現在明顯弱下來了，她的抵抗開始瓦解。

但這一切究竟是怎麼回事？他們兩個並沒有回房間，而是繼續往前走了，走進了走廊盡頭的黑暗中！他要把她抓去什麼地方？為什麼她現在不出聲了？他是用布團堵住了她的嘴嗎，還是掐住了她的喉嚨？

一想到這裡，艾德加都要瘋了。他雙手顫抖地把門打開一指寬。現在他看見這兩個人正在走廊黑暗的角落裡走著。男爵摟住他母親的臀部，想把她帶到什麼地方，而她好像已經放棄了掙扎。現在男爵在自己的房間前停了下來。「他要把她擄走，」男孩驚恐地想，「現在他要對她做可怕的事了。」

他猛地把門摔到一邊，一衝而出，往兩人的方向奔去。母親見到黑暗裡有什麼東西朝自己衝來，於是高聲尖叫，接著彷彿暈了過去，男爵用盡全力才扶住她不讓她倒下。就在這一瞬間，他感到一隻弱小的拳頭狠狠地打在他的嘴唇和牙齒上，有什麼東西像小貓一樣撲在他的身上。他鬆開那個驚魂未定的女人，讓她逃走，還不知道來者是誰，就盲目地揮拳還擊。

孩子知道自己在他面前是弱者，卻始終沒有屈服。終於，終於，這一刻終於來了，他可以盡情釋放被背叛的愛和累積的恨。他用小拳頭盲目地捶打著男爵，嘴唇在狂熱而無意識的怒火中抿得緊緊的。男爵現在認出了他；他也對這個毀了他這幾天、壞了他好事的密探充滿仇恨；無論艾德加打中他哪裡，他都粗暴地打回去。艾德加痛苦得呻吟起來，卻沒有鬆手，也沒尖聲呼救。他們在大半夜的走廊裡一聲不吭地頑強搏鬥了一分鐘。男爵逐漸意識到事情的荒謬，自己居然在跟一個嘴上無毛的小子打架，他緊緊地抓住艾德加，想一把將他甩開。艾德加感到自己的肌肉正在鬆弛，知道下一秒就要輸了，結果只能是被男爵毆打一頓，於是在狂怒中往男爵那隻伸過來要抓住他脖子的強壯又堅實的手上咬了一大口。男爵忍不住發出一聲悶吼，手鬆開了——男孩趁著這一秒逃進自己的房間裡，按下門閂。

這場午夜的交戰只持續了一分鐘。四周沒有人聽見他們的動靜。一切重回寂靜，好像陷入了沉睡。男爵用手帕擦了擦流血的手，在黑暗中滿臉驚慌。沒有人在聽。只有樓上射下最後一絲忐忑不安的燈光——他覺得——在嘲諷著他。

暴風雨

「我是在做夢嗎，一個充滿危險的噩夢？」翌日早上，當艾德加披頭散髮，從混亂不清的恐懼中驚醒時，不禁自問。他的腦袋裡嗡嗡作響，關節像木頭一樣僵硬，他看了看自己，吃驚地發現自己睡覺時還穿著昨天的衣服。他一下子跳起來，搖搖晃晃地走到鏡子前面，顫抖著注視自己那張蒼白扭曲的面孔，還有額頭上那腫起來的一大塊。他艱難地整理思緒，驚恐地想起了一切：昨晚，他在外面的走廊打架，然後衝回了自己的房間，像發著高燒一樣顫抖不已，連衣服都沒脫就躺倒在床上，心裡還想著逃跑。他就這樣不知不覺睡著了，陷入了沉重而充滿驚恐的夢鄉，在夢裡把剛才發生的事又經歷了一遍，只是更加可怕，帶著一股流淌的鮮血那濡溼的惡臭。

窗戶下面傳來碎石上嘎吱作響的腳步聲，聲音像看不見的鳥兒一樣飛升起來，陽光也照進了房間的深處。一定已經很晚了，他吃驚地發現鬧鐘上的時間還是午夜，原來是昨晚太激動，忘記上發條了。這種游離在時間之外帶來的不確定性使他忐忑不安，此外他還不知道到底發生了什麼事，這一無所知的感覺更是加深了他的恐慌。他連忙從床上起來，往樓下走去，心神不寧，還帶著一點愧疚。

餐廳裡，媽媽正獨自坐在常坐的那張桌子旁。艾德加鬆了一口氣，因為他的敵人不在那裡，他不必看到昨天他憤怒捶打的那張可惡的臉。然而，當他走近桌子時，心裡七上八下的。

「早安。」他朝她打了聲招呼。

他的母親沒有回答。她甚至連頭都沒抬，只是目不轉睛地凝視著遠處的風景。她的臉色非常蒼白，眼睛周圍有一道淡淡的黑眼圈，鼻翼在緊張地抽搐著，暴露了她內心的激動不安。艾德加咬緊了嘴唇。這種沉默讓他困惑不已。他不知道昨天是不是把男爵重傷了，也不知道母親是不是已經知道了昨晚的衝突。這種不確定的感覺折磨著他。可是母親的臉色依舊陰沉，他甚至不敢抬頭看她，生怕下一刻她那在睫毛下合上的眼睛會突然睜開，把他抓個正著。他一動也不動，也不敢說一個字，只是小心翼翼地拿起杯子，然後又放下去，還偷偷地瞥了一眼媽媽的手指，那些手指正在心神不寧地玩弄著手中的湯匙，蜷曲的姿勢似乎暴露了其內心祕密的怒火。

他就這樣坐了一刻鐘，焦躁地等待著那遲遲未來的話。沒有任何一句話能把他從這樣的局面中拯救出來。媽媽現在從桌邊站起身來，依舊沒有注意到他來了，他不知道現在如何是好，要繼續在桌邊坐著嗎，還是跟著她走？最後，他還是站起身來，謙卑地跟在她身後，她故意不理他，他覺得自己這樣偷偷摸摸跟在她後面是多麼愚蠢可笑。他的步伐越來越小，越來越落在後面，她卻始終沒有理睬他，就這樣回了自己的房間。當艾德加終於跟了上來時，母親的房門已經緊鎖。

發生了什麼？他已經搞不清楚事情的來龍去脈了。他昨天對男爵發動的突襲，到底是不是做錯了？他們兩個是不是在準備對他進行新的懲罰或者羞辱？他有種預感，馬上就會發生什麼事、什麼可怕的事。在他們之間，積聚著一種暴風雨到來之前的溽熱，兩個電極之間形成巨大的電壓，即將在一次雷暴中釋放。他孤獨地承受著這份預感的重負，從一個房間走到另一個房間，直到自己那瘦弱的脖子被無形的重負壓彎。中午的時候，他幾乎是謙卑地來到了母親吃飯的桌前。

「日安。」他又對母親說了一遍。他必須打破這種沉默，這極具威脅的可怕沉默就像烏雲一樣籠罩在他頭上。

母親又一次沒有回答，而是從他身邊看了過去。艾德加再次被母親的無視所震驚，他感到，心裡正積聚著一種從未有過的冷酷憤怒。到目前為止，他們之間的爭吵都是因為某種突然爆發的憤怒，與其說是情緒，不如說是一種神經的信號，不久就會恢復平靜，轉化為撫慰的微笑。但這一次，他從自己的內心深處感到了一種極其狂暴的情感，他對這種不經意間引發的暴力感到恐懼。他幾乎吃不下飯。喉嚨裡好像卡著什麼乾澀的東西，下一刻就要噎死他。母親對這一切彷彿視而不見。只是在吃完飯站起身時，她才彷彿不經意一樣回過頭來，說道：

「艾德加，你上來，我有事跟你說。」

她的口吻裡沒有威脅，聽起來卻如此冰冷，讓艾德加不寒而慄，彷彿有人猝不及防地在他脖子上套了一條鐵鏈。他的抵抗一下子潰不成軍。他一聲不吭，像條被毆打的狗一樣跟在她後面進了房間。

她靜靜地坐在那裡，一言不發，這延長了他的痛苦。幾分鐘後，他聽到大鐘敲響的聲音，還有外面一個孩子的笑聲，以及他自己胸膛裡心跳不止的聲音。不過，母親心裡肯定也不太有把握，因為她和他說話的時候根本不看他一眼，而是背對著他。

「昨晚你幹了什麼事，我不想再說了。簡直聞所未聞。只是想想我都覺得羞恥。你要獨自承擔自己所做的事的後果。我要告訴你，從今天開始，你再也不能和大人在一起了。我剛才給你爸爸寫了信，我們會幫你找一位家庭教師，或者把你送到寄宿學校，讓你在那裡好好學習禮儀。我懶得再對你發火了。」

艾德加低著頭站在一邊。他覺得這是個開頭、一個威脅，真正可怕的事情還在後面。

「你馬上向男爵先生道歉。」

艾德加畏縮了一下，可是母親繼續說下去：

「男爵先生今天已經離開了，你去給他寫一封信，我念你寫。」

艾德加驚愕地抬頭看了她一眼，可是母親很堅決。

「不要頂嘴。這是紙和墨水，給我坐下，寫。」

艾德加抬頭看了她一眼。她的眼神那麼凝重，彷彿心意已決，無法變更。他從來沒有見過這樣的母親，如此嚴厲、如此冷酷。恐懼壓倒了他。他坐下來，拿起羽毛筆，臉深深地伏在桌子上。

「最上面寫上日期。寫了嗎？在標題之前空一行。這樣寫！尊敬的男爵先生！驚嘆號。再空一行。我很遺憾地得知——寫了嗎？——很遺憾地得知，您已經離開了塞默靈——塞默靈，沉默的默——我現在必須給您寫這封信，因為我打算在此——寫快點，寫得不那麼漂亮也行！——我打算在此請您原諒我昨天的所作所為。正如我母親對您所說，我之前得了重病，現在還在康復期，所以非常容易情緒激動。我經常誇大我所見到的東西，可是之後馬上就會後悔……」

趴在桌前的艾德加猛地站起身來。他朝母親轉過頭：內心的抵抗又覺醒了。

「我不會寫這種東西，那是說謊！」

「艾德加！」

她提高了聲音，以示威脅。

「這不是真的。我沒做過任何讓自己後悔的事。我沒做過任何壞事，所以不必對任何人道歉。我只是想幫你，因為你當時求救了！」

她的嘴唇毫無血色，鼻翼翕動不已。

「我求救？你瘋了！」

艾德加生氣了。他猛地跳了起來。

「是的，男爵昨晚在走廊裡捉住你的時候，你大聲呼救起來。『放開我，放開我。』你叫得那麼大聲，我在房間裡都能聽見。」

「你說謊，我從來沒有和男爵在走廊裡做那種事。他只是把我送上了樓梯……」

這個瞞天大謊幾乎讓艾德加心跳驟停。他放低聲音，用瞳孔定定地盯著她：

「你……你沒在走廊裡？還有他……他沒有一把抱住你嗎？沒有用力把你抓住？」

她大笑起來，笑聲冷酷又乾澀：

「你在做夢呢。」

這對於男孩來說實在太過分了。他雖然已經知道，大人愛說謊，會找各種大大小小的藉口，擅長編織縝密的謊言和狡猾的模稜兩可的說辭。可是，眼前這種矢口否認是那麼冷漠、那麼厚臉皮，說謊者真的連眼都不眨一下，這讓他怒不可遏。

「那麼我臉上的傷痕也是夢見的？」

「誰知道你和誰打了架。我沒必要和你討論下去了，因為無論說什麼你都只會頂嘴。夠了。給我坐下來繼續寫！」

她面如死灰，竭盡全力不讓自己崩潰。

不知怎的，艾德加覺得自己身上有什麼東西正在熄滅，那是對他母親最後的信賴之火。這些人居然一下就能把事情的真相踩在腳下，就像踩滅一根火柴那樣輕而易舉，他接受不了。他內心冰冷地收緊，說出的每一個字都變得那麼尖銳、惡毒、肆無忌憚：

「所以，一切都只是我夢見的嗎？走廊裡發生的事還有我身上的傷痕是夢到的？昨晚你們兩個在月光下漫步，他把你引到那條陰暗的小路上，也是夢到的？你以為我會像個小孩子一樣任人關在房間裡嗎？不，我才沒有你想的那麼笨。我知道一切我該知道的東西。」

他惡狠狠地盯著她的臉，瞬間使她喪失了一切力量。她看到自己孩子的臉因為仇恨而扭曲，怒火一下子爆發了。

「繼續寫，你馬上繼續寫！要不……」

「要不什麼？」他的聲音充滿了無畏和挑釁。

「要不我就把你像個小孩一樣狠揍一頓。」

艾德加輕蔑地笑了笑，走近了一步。

就在這時，她的手掌落在他的臉頰上。艾德加大叫一聲。好像快要溺死的人一樣，他雙手亂揮，耳朵裡嗡嗡作響，眼前閃過一陣紅暈，來不及看就揮拳還擊。他發現自己打到了面前什麼軟綿綿的東西，聽到了一聲尖叫……

那聲尖叫讓他清醒過來。他突然看到了自己，看到了自己所做的可怕的事：他居然打了自己的母親。一種恐懼壓倒了他，隨之而來的是羞恥和驚駭，他想馬上離開這個地方，從這裡消失，躲進地底，遠走高飛，有多遠走多遠，只要不用再承受面前這個女人的注視。他一下子衝到門口，奔下樓梯，穿過走廊，來到大街上，拚命地跑啊跑，彷彿身後有惡犬在追趕。

最初的頓悟

他一直跑到下面的路口才停下來。他不得不扶住一棵樹，因為他的身子在恐懼與激動之中顫抖得那麼厲害，過度疲憊的胸膛不停地喘著大氣。在他身後，是對自己剛才做的事的驚恐，它掐住了他的喉嚨，把他前後晃個不停，他好像在發著高燒一樣。現在該怎麼辦？能逃去哪裡？現在他在旅館附近的一個樹林裡，雖然離住的地方才一刻鐘的路，他卻開始感到自己無家可歸了。自從他自己一個人孤零零跑出來，所有的一切都變了樣，充滿敵意，面目可憎。昨天，那些樹木還像兄弟一樣在他身邊沙沙作響，此刻卻突然抱成一團，彷彿一個黑暗的威脅。他前方所遇到的又該陌生可怕多少倍呢？這種憑一己之力與整個龐大又陌生的世界抗爭的感覺使男孩眩暈起來。不，這種戰鬥他現在一個人還承受不住，還不能。但他又能去誰那裡避難呢？他害怕自己的父親，他總是動不動就生氣，難以親近，肯定馬上就會把他趕回來。可是他真的不想再回這家旅館了，寧願一頭栽進陌生又危險的未知也不要回來；他覺得自己再也無法正視母親的臉了，一看見它，他就不得不想起自己的拳頭曾打在上面。

這時，他想到了自己的祖母，那位年邁、慈祥、友善的女士，從小她就寵著他，他在家裡要承受什麼懲罰或者不公的時候總是護著他。他想躲到她在巴登的家裡，直到第一輪風波過去，在那裡，他可以給父母寫一封信，請求原諒。在從旅館跑到這裡的路上，他一想到自己從今以後要靠毫無經驗的雙腿立足於世界，就羞得無地自容。他詛咒自己的驕傲，都是那個陌生人用謊言把這愚蠢的傲氣注射進了他的身體裡。他其實只想繼續做一個孩子，像以前一樣，聽話，有耐心，不頂嘴，不像現在這樣自大又好笑。

可是該怎麼去巴登呢？穿越國境需要多久？他急忙摸了摸他那隨身攜帶的小皮錢包。感謝上帝，裡面還有嶄新的二十克朗在閃閃發光，那是他上次生日的禮物。他從來沒想過要花掉這些錢，每天都會檢查看看錢是不是還在，只要看著這些錢他就覺得自己家財萬貫，還時不時充滿感激地、溫柔地用手帕擦拭這些錢，直到其像小太陽一樣閃亮。可是，這個突如其來的想法把他嚇到了——二十克朗夠嗎？他這輩子坐過不少火車，然而從來沒想過要付錢，更不用說知道要付多少錢，是一克朗還是一百克朗。他第一次意識到人生裡有些他從沒想過的事，所有在他身邊的事物，哪怕是手裡把玩的，都有自己的價值、自己的分量。一小時前還以為自己無所不知的他，現在發現自己不經意地落進了無數的祕密和問題之中，他那可憐的小聰明在邁進生活的第一步就摔了一跤，他因此而羞愧不已。他越來越沮喪，走得越來越慢，一直這樣走到了車站。他曾多少次夢見自己離家出走，闖蕩江湖，成為皇帝或國王，士兵或詩人，現在他眼望燈火輝煌的車站大廳，心裡只想著二十克朗夠不夠他到祖母家。鐵軌在遠方的鄉間閃閃發光，車站空無一人。艾德加膽怯地趴到售票口前低聲問一張去巴登的火車票要多少錢，免得被周圍的人聽到。漆黑的窗口後面閃現一張疑惑不已的臉，兩隻眼睛從眼鏡後面笑瞇瞇地打量著眼前這個膽小的孩子：

「全票嗎？」

「對。」艾德加結結巴巴地說，並沒為自己買全票而驕傲，反而擔心身上的錢會不夠。

「六克朗。」

「給您！」

他如釋重負地把一個自己深愛的閃亮亮銀幣推了過去，對方給他找了錢。艾德加手裡拿著那張可以還他自由的棕色車票，突然覺得自己現在說不出的富有。銀幣在他的口袋裡發出沉悶的叮鈴作響的聲音。

時刻表上寫著，火車二十分鐘後來。艾德加蹲在角落裡等著。有幾個人站在月臺邊上，百無聊賴。煩惱的男孩卻覺得所有人都在看著他，彷彿大家都驚訝於這樣一個小孩子一個人來坐車，彷彿他的額頭上寫著逃犯和凶手。

當火車從遠處呼嘯而來時，他長舒一口氣，接著便匆忙上了車。這列火車會載著他開向世界。上車後他才發現自己的座位是三等。以前他都是坐頭等車廂，他現在感覺到這裡有些東西和他以往生活的世界截然不同，差距和區別迎面而來。和以前一樣，他身邊坐著其他人，只是這個車廂裡的鄰居是一些手腳粗大、聲音嘶啞的義大利工人，他們手裡拿著鐵鍬和鐵鏟，面對面而坐，目光呆滯地直視前方。他們一路上顯然都在做苦工，某些人實在忍不住疲勞，張著嘴在嘎嘎作響的火車上睡著了，枕在又硬又髒的木頭上。他們工作是為了賺錢吧，艾德加想，可是他無法想像他們能賺多少；他又一次感到，金錢並不是生來就能擁有的東西，而是必須以某種方法獲得。他第一次察覺到，自己天生就習慣了幸福，卻沒意識到在他左右兩邊生命的深淵正張開血盆大口，裡面是自己見所未見的黑暗。突然間，他注意到世界上有職業和規則的存在，在自己的生命裡有那麼多觸手可及的祕密，為什麼他一直視若無睹呢？

自從他一個人上路以來的一個小時，艾德加便學到了很多東西；透過這個狹窄車廂裡的窗玻璃，他望向外面的世界，見識到了許多事物。在他那陰暗的恐懼中有什麼正在萌芽、盛開，那還不是幸福，而是對生命的多樣性所感到的驚訝。他因為恐懼與怯懦而跑了出來，雖然是第一次獨立行動，卻覺得每一分每一秒都從身邊掠過的事物中體驗了某種真實。這可能是他第一次在父母的眼中變成了一個謎，正如世界在此之前對他是一個謎那樣。他看窗外的目光不同了。事物表層的面紗好像脫落了，他第一次看到了它們的本來面貌，它們向他展示了一切：它們意圖的內部，它們祕密的運動神經。在疾風中，房屋一掠而過，他不由自主地想到住在裡面的人，他們是貧窮抑或富有，幸福還是不幸，他們是不是也像他一樣渴望瞭解一切呢？又或者裡面只是一些和他一樣的孩子，目前為止只懂得把玩手中的東西。那些拿著飄動的信號旗站在路邊的鐵路工第一次在他眼中獲得了生命，他們不再像以前那樣，是鬆散地拼裝起來的娃娃或者僵死的玩具，不是那些被他隨意拋棄的東西中的一件，他現在明白了，站在那裡就是這些人的命運，就是他們對生命發動的抗爭。車輪滾得越來越快，火車沿著蜿蜒曲折的軌道駛入山谷，山巒越來越平緩，越來越遙遠，很快就到達了一片平原。回頭一看，群山那裡已經是藍色的陰影，遙不可及，在他看來，它們在雲霧繚繞的天空中慢慢消融的地方，就是他自己的童年。

迷亂的黑暗

火車在巴登停了下來，只有艾德加一個人站在月臺上，那裡的燈已經亮了，紅綠相間的信號燈向遠處閃爍，這五彩斑斕的景象突然與對即將到來的夜晚的恐懼交織在一起。白天他還覺得很安全，因為周圍都是人，你可以放鬆一下，坐在長凳上，或者看看商店的櫥窗。可是，當大家消失在自己的房子深處，每個人都有一張屬於自己的床，都有個說話的伴，都能享受一個安靜的夜晚，艾德加就覺得受不了了，他不得不獨自一人徘徊，感到自己的愧疚，陷入一種陌生的孤獨之中。啊，如果頭上有一片瓦就好了，他一分鐘也不想站在這片陌生的夜空下，這是他唯一清晰地感覺到的東西。

他匆匆走在那條自己很熟悉的路上，沒有左顧右盼，最終來到了祖母住的別墅。那是一座老式而友善的白房子，它漂亮地坐落在一條寬敞的街道上，但並不暴露在外，而是隱藏在一個修剪整齊的花園的植物捲鬚和常春藤後面，在一片如雲的綠蔭之後閃著亮光。艾德加像個陌生人一樣透過欄杆往裡看。裡面一點動靜也沒有，窗戶都緊閉著，顯然每個人，包括客人，都在花園裡。他已經摸到了冰涼的門把手，這時，奇怪的事情發生了，兩個小時前他還覺得那麼輕而易舉、理所當然的事，現在突然顯得那麼不切實際。他要怎麼進去，怎麼向大家打招呼，怎麼忍受和回答他們提出的問題？開口講述事情來龍去脈的第一秒簡直讓他無法承受，他要怎麼說，說他偷偷地從母親身邊逃了出來？還有該怎麼解釋那件連他自己都不明白的駭人聽聞的事？屋裡面有扇門打開了。他突然被一種愚蠢的恐懼攫住，有什麼人要從裡面出來了，他撒腿就跑，完全不知道自己要去哪裡。

他在溫泉療養公園前停了下來，因為他看到那裡一片漆黑，什麼人也沒有。在那裡，他或許終於可以坐下來，好好地、冷靜地思考，緩口氣，看清自己的命運。他戰戰兢兢地走進公園。前面亮著幾盞燈籠，在燈光下，幼嫩的新葉泛著一層半透明的、綠色鬼魅般的水光；再往裡，他不得不沿著一條下坡路往山下走，在這混沌又黑暗的早春之夜，萬物彷彿一團沉重而漆黑的物質，正在發酵。艾德加靦腆地從坐在路燈下聊天或讀書的幾個人身邊走過，他想一個人待著。可是，即便在沒有燈光的走道的暗影中，也找不到安寧。處處都充斥著鬼鬼祟祟的細語，夾雜著柔韌的樹葉間的風的吐息，還有遠處傳來的腳步聲，壓低了聲音的私語，以及一些充滿肉欲的呻吟和恐懼的喘息，既可能出自人或動物，也可能是來自那不安地沉睡著的大自然。這是一種危險的躁動，一種蹲伏起來、潛藏在深處的，令人恐懼的躁動，森林的地下深處傳來莫名的挖掘聲與呼吸聲，這可能只是早春的跡象，卻嚇壞了這個無助的孩子。

在這深不可測的黑暗中，他讓自己在一張長凳上縮成一團，思考著回家之後應該怎麼說。可是這些念頭還未來得及把握就已經從他的腦海裡溜走了。他只能不情願地諦聽黑暗中那壓抑著的低沉聲響，那些神祕莫測的聲音。這黑暗是多麼可怕，多麼混亂不堪，又是多麼神祕而美麗！所有這些颯颯作響的聲音是出自人類還是動物，抑或只是疾風那幽靈般的手所編織出來的？他仔細地傾聽。的確，那是風不安地從林間穿過的聲音，可是——他現在明白了——還有人的聲音與之交織在一起，他們從明亮的城市那邊走來，用他們謎一般的存在啟動黑暗。他們想幹什麼？他無法理解。他們一聲不吭，因為他沒聽見任何說話的聲音，只聽見在礫石上不安地嘎吱作響的腳步聲，看到在林間空地上他們的形體時不時像影子一樣飄過，總是彼此緊緊地摟抱在一起，正如他之前所見的母親和男爵。也就是說，那個閃閃發光又充滿不幸的宏大祕密，也在這裡。他聽到腳步聲越來越近，還傳來一陣壓抑住的笑聲。恐懼攫住了他，那些人是想在這裡找他嗎？他於是馬上躲入更深的黑暗中。然而，此時在伸手不見五指的黑暗中摸索的兩個人並沒有看見他。他們互相纏抱在一起，從他身邊走過，艾德加本來已經鬆了口氣，卻突然聽見腳步聲在他坐的長凳前停下了。兩人臉頰緊貼在一起，艾德加什麼也見不到，只聽見女人嘴裡發出一聲呻吟，男人結結巴巴地說著熾熱而瘋狂的話語，某種熱烈的預感帶著肉欲的戰慄穿透了他的恐懼。兩人就這樣坐了一會兒，然後，艾德加再次聽到碎石子嘎吱作響的聲音，他們繼續往前走了，很快便消失在黑暗中。

艾德加瑟瑟發抖。血液現在湧回他的血管，比先前更熾熱。突然間，他在這混沌的黑暗中感到一種難以忍受的孤獨，他是那麼強烈地渴望一個友善的聲音、一個擁抱、一個明亮的房間，還有他所愛的人。對他來說，這個混亂的夜晚那無法刺破的黑暗好像都沉入了他的體內，炸裂了他的胸膛。

他站起身來。他只想回家，回家，回到家裡某個溫暖又明亮的房間裡，和別人在一起。他又能出什麼事呢？自從感受到黑暗以來，感受到對孤獨的恐懼以來，無論別人要打要罵，他都已經無所畏懼了。

一種力量驅使他幾乎不知不覺地向前走，突然間，他發現自己站在了別墅前，手又重新搭在冰冷的門把手上。他看到窗戶裡的燈光刺破花園的綠蔭在閃閃發亮，在意念中還看到了那明亮的玻璃後面熟悉的房間和熟悉的人。光是這種親近的感覺就令他無比幸福，他一下就感覺到他和那些愛自己的人只有一步之遙，這讓他的心平靜下來。哪怕此時再猶豫，也只是為了更深地享受這種親密的預感。

這時，他身後傳來一聲驚慌的尖叫：

「艾德加，他來了！」

祖母的女僕看見了他，一下子衝過來，拉住他的手。房門一一洞開，一隻狗吠叫著朝他撲來，大家拿著燈火出來了，他聽見歡呼和震驚的聲音，一陣混亂不堪的叫喊聲和腳步聲朝他這邊衝來，他認出了熟悉的身影。先是他的祖母，伸出手臂朝他跑來，還有在她身後的——他以為自己在做夢——他的母親。他淚眼汪汪，戰戰兢兢地站在這股火熱的情緒爆發之中，不知道自己該做什麼、該說什麼，甚至不知道自己此時是什麼感覺：到底是恐懼，還是幸福。

最後的夢

事情是這樣的：他們已經在這裡找他很久，也等他很久了。他受刺激之後一走了之，母親雖然還發著火，卻還是嚇得六神無主，於是馬上派人在塞默靈到處找他。大家手忙腳亂，已經想到了各種最可怕的狀況，大概三點的時候，一位先生才帶來了消息，說是在火車站售票處看見了這個孩子。在那裡，他們很快得知艾德加買了一張到巴登的車票，母親知道之後毫不猶豫地坐火車跟了過去。大家已經先她一步往巴登和維也納他父親家裡拍了電報，引起很大騷動，結果這兩小時以來，大家都在拚命尋找這個逃亡的孩子。

現在他們抓住了他，但沒有使用暴力。在一種壓抑的勝利中，他被人領進了房間。然而奇怪的是，他感受不到他們那些嚴厲的責備，因為他在他們眼中只有讀到喜悅與愛。就連這責備也只是做做樣子，假裝的怒火只持續了一會兒。接著，祖母淚流滿面地擁抱了他，沒人再提起他犯的錯，他覺得大家都很關心他的安危。女僕為他脫下外套，給他拿來一件更暖和的。祖母問他是不是餓了，要不要吃點什麼。他們對他關懷備至，噓寒問暖，但一看到他不自在的樣子就不再問了。他再一次感受到了自己還是個孩子，心裡馬上湧起一種被人看不起，但又被人惦記的複雜感覺，然後他為自己這幾天的專橫感到羞恥，因為他一味想著擺脫這一切，只為了享受一種虛假而孤獨的快感。

隔壁傳來電話的鈴聲。他聽到母親的聲音，聽到她所說的隻言片語：「艾德加……回來了……來了這裡……坐了最後一班火車。」他驚訝地發現母親並沒有大聲教訓他，只是用一種極其克制的奇怪眼神注視著他。他越來越強烈地想跟母親懺悔，他想擺脫祖母和姑姑的噓寒問暖，走到母親身邊，請求她的原諒，在只有他們兩人在場的情況下謙卑地告訴她，他想做回一個孩子，以後會聽她的話。然而他剛要悄悄站起身來，便聽到祖母驚恐地低聲問道：

「你要去哪裡？」

他羞愧地站在那裡。他現在只要有什麼動靜，他們就會擔驚受怕。他把他們所有人都嚇壞了，現在他們害怕他會再次逃跑。他們又怎麼會明白呢，沒有人比他自己更後悔這次逃跑！

餐桌已經擺好，人家給他端來一份匆匆備好的晚飯。祖母和他坐在一起，一秒鐘也沒有把視線從他身上移開。她和姑姑還有女僕一起圍成了一個沉默不語的小圈子，他感到這種溫暖奇蹟般地撫慰了他。唯一讓他困惑的是母親沒有進來吃飯。如果她知道他現在是多麼謙卑，肯定會願意來的！

一輛汽車停在了別墅前面，發出嘎嘎的聲響。大家都嚇了一跳，艾德加也不安起來。祖母出去開門，黑暗中傳來陣陣嘈雜的聲音，他一下子就知道，父親來了。艾德加羞怯地注意到房間裡又只剩下他一個人了，即使這種小小的孤獨也讓他感到迷茫。他的父親很嚴厲，是他唯一真正害怕的人。艾德加聽著外面傳來的說話聲，他父親似乎很激動，聲如洪鐘，怒不可遏。祖母和母親的聲音相比之下很溫和，顯然她們想勸他不要太激動。但父親的聲音嚴厲依舊，正如他上樓的腳步聲。腳步聲越來越近，現在已經到了隔壁房間，馬上就到了門前，門一下子被打開來。

他的父親非常高大。他走進房間的時候，艾德加在他面前感到難以言喻的渺小，父親的緊張肉眼可見，而且好像真的在發火。

「你這小子，為什麼到處亂跑？你怎麼能這樣嚇你媽媽？」

他的聲音帶著怒意，差點控制不住手上狂暴的動作。在他身後，母親靜靜地走了進來。她的面孔籠罩在陰影裡。

艾德加沒有回答。他覺得必須為自己辯解，但他怎麼能說自己被出賣和毆打了呢？父親會明白嗎？

「喏，你倒是說話呀？發生了什麼事？放心說！你是不是受了什麼委屈？逃跑肯定得有個理由！是不是有人傷害了你？」艾德加猶豫著。對往事的回憶點燃了他的怒火，他正想出聲控訴，卻突然看到——他的心跳靜止了——母親在父親背後做了個奇怪的動作，一個他一開始不明白的動作。但現在，她看著他，目光中充滿了懇求。輕輕地，非常輕柔地，她將手指舉到嘴邊，要他別說。

就在這時，艾德加感到了一股暖流，一股深深的狂喜傳遍了全身。他明白了，她在請求他保守祕密，她的命運就落在他那稚嫩的嘴唇上。他感到一陣令人歡呼雀躍的狂野驕傲，因為她信任他，他突然被一種獻身精神、一種把所有的罪責都攬下的決心所征服，他要告訴她，他已經是個男子漢了。於是，艾德加打起精神對父親說：

「不是的，不是的……沒有什麼理由。媽媽對我一直很好，只是我自己缺乏教養，調皮搗蛋……於是……於是我就跑掉了，因為我當時很害怕……」

父親驚訝地看著他。他已經想好了兒子可能會說的所有話，只是沒想到他會做這樣的坦白。他的怒氣瞬間瓦解了。

「好，你知道認錯，那就好。我今天不想再說這件事了。我相信，你下次這樣做之前，會好好三思的！以後不准再發生這種事了。」

父親定定地站在那裡，看著他。父親的聲音現在變得柔和了：

「你看起來臉色很蒼白啊。不過我覺得，你好像又長大了一點。我希望你以後不會再做這麼幼稚的事；你現在已經不是小孩子了，應該懂事點了！」

艾德加一直看著母親。她的眼中好像有什麼在閃爍。這是燈光的反射嗎？不，母親眼裡噙著溼潤而明亮的淚花，嘴角掛著感謝他的微笑。現在，他要上床睡覺了，但他並不因為他們讓他一個人待著而難過。他有太多的事情要考慮，太多太多的事情，五彩斑斕，包羅萬象。前幾天所有的痛苦都在這次強烈的情感初體驗中煙消雲散，他現在只快樂又神祕地期待著未來會發生什麼事。夜色漆黑一片，外面的樹木在黑暗中沙沙作響，但他不再害怕。自從他知道生活是那麼多姿多彩之後，他就擺脫了所有的焦慮。彷彿他今天第一次看到它赤身裸體，不再被童年的千百個謊言所遮蓋，而是充滿了性感而危險的美。他從未想過生活會如此多樣地苦樂交織，一想到未來還有許多這樣的日子在等著他，想到人生等著為他揭示自己的祕密，他就很快樂。

他第一次意識到生命是如此多彩；第一次相信自己瞭解了人類的本性，即使他們表面上可能彼此敵對，實際上也在互相需要，而被他們所愛，是多麼甜蜜的事。他不再仇恨任何人、任何事，也不再有悔恨，哪怕對男爵、那個誘惑者、他的死敵，他現在也懷著一種新的感激之情，因為他為自己打開了這個世界的大門，讓他擁有了最初的體驗。

在黑暗中思考是那麼甜蜜，那麼使人自豪，夢境中的畫面彼此交織在一起，睡意馬上就要來了。這時他覺得，好像有誰推開門輕聲走了進來。他不確定了，因為他是那麼睏，眼睛都快睜不開了。這時他感到一陣呼吸輕輕地從他臉上拂過，溫暖又柔和，和他自己的呼吸交織在一起，他知道，是母親來了，她正在親吻他，用手輕撫著他的頭髮。他感覺到她的親吻和她的淚水，於是輕輕地回應她的撫摸，把這視為兩人和好的標誌，視為她對他沉默的感激。直到多年以後，他才在這無聲的淚水中明白了這位已不再年輕的女人的誓言，從今以後，她只想屬於他、只屬於她的孩子，她從此告別自己所有的欲望，不再涉足任何冒險。他所不知道的是，她也感激他把她從一場註定無果的冒險中解救出來，此時她的擁抱就是一份甜蜜又苦澀的愛的重擔，留給他未來的人生，正如一份遺產。那時的艾德加對此一無所知，他只是覺得被如此愛是很幸福的事情，卻不知道，透過這份愛，他已經與世間的一個巨大的祕密連結在一起了。

她鬆開他的手，嘴唇離開他的雙唇，這個身影靜靜地離開了，只在他的唇上留下一點餘溫、一絲氣息。他心裡湧起一股熱望，想要更多地觸碰這樣的嘴唇，更多地接受這樣溫柔的擁抱，然而，這種對一個被渴念著的祕密的預感，此時已經被睡眠的陰影所籠罩。最後幾個小時裡經歷的各種畫面再一次在他眼前繽紛地閃過，記載著他青春的書再一次充滿誘惑地打開。然後，孩子便睡著了，他生命中更深的夢境開始了。

恐懼

伊蕾娜夫人從情人的住處走下樓梯時，那股無名的恐懼又襲上心頭。她突然暈頭轉向，眼前一黑，雙膝凍僵似的不聽使喚了，於是連忙扶住欄杆，免得一頭栽下去。這並非她第一次冒險來見自己的情人，這突如其來的恐懼她再熟悉不過；哪怕心裡打了預防針，回家路上她還是一而再再而三地被荒唐可笑的恐懼掐住喉嚨。

來的路當然輕鬆一點。當時，她讓車子在街角等她，然後便迫不及待地跑到幾步遠的大門前，一口氣衝上臺階，對全世界視若無睹。那又心急又害怕的感覺，在和情人最初風暴般的擁吻中就已煙消雲散。然而，回家的路卻是另一回事，那股不可思議的恐懼總是寒戰般襲來，混雜著愧疚與驚愕，以及某種愚蠢的瘋狂。她擔心每個路人都會看出她剛剛從哪裡來，並對驚慌的她報以狡黠的微笑。和情人最後幾分鐘的溫存也被這節節升級的恐懼荼毒了；準備離開的時候，她的雙手因為恐慌而抖個不停，拚命抗拒著殘餘的激情，以至於情人最後的幾句話也聽不進耳了。走，快走，她每個細胞都想逃離這個地方，逃離這房間、這屋子，逃離這次無謂的冒險，回到自己寧靜富足的世界中去。情人對她說了些安撫的話，可是伊蕾娜夫人心裡七上八下的，根本沒在意；她只關心那扇守護著祕密的大門背後傳來的聲音，聽聽有沒有誰上下樓的腳步聲。門外，恐懼已經等著了，她一出來就被它粗暴地抓住，心跳都停了幾拍，最後幾乎是無意識地下了樓。

一分鐘後，她閉上雙眼，大口呼吸著傍晚時分樓梯間裡沁涼的空氣。這時，上面一樓的某扇門突然重重地關上了。伊蕾娜嚇了一跳，馬上清醒過來，一邊匆匆下樓，一邊用顫抖著的雙手把厚實的面紗拉了拉。現在還剩最後一關，那就是從陌生的房門走到大街上的可怕瞬間，她就像預備起跑的跳遠運動員，低頭含胸，心一橫，衝向那扇半開著的大門。

突然，她撞到了一個剛剛想進來的女人。「抱歉。」她滿臉狼狽地說，想從陌生女人身邊跑過去。然而這女人用手撐著門框，攔住了去路，接著用惱怒且不加掩飾的嘲諷眼神盯著她的臉。「我總算抓到你了，」她的口氣肆無忌憚，極其粗魯，「啊呀，真是個良家婦女呢，看起來倒真像！你這樣的人，有丈夫，有家產，還嫌不過癮，偏要搶走一個窮女孩的情人才滿足……」

「看在上帝的分上……您到底在胡說些什麼……您認錯人了……」伊蕾娜夫人被嚇得語無倫次，一邊笨拙地掙扎著從她身邊擠過去。不過這女人用她高大的身軀擋住門口，尖聲辱罵起來：「不會，我才不會認錯人呢……我認得你……你剛剛從我男朋友愛杜亞德那裡出來，對嗎？這次我總算抓到你了，我總算知道他為什麼最近都在喊忙了……原來是因為你呀……你這個賤人！」

「上帝啊，」伊蕾娜夫人壓低聲音打斷她的話，「請您不要大吵大鬧了。」她別無他法，只能退回到門廊裡。女人滿面嘲諷地看著她。她得意地一笑，滿眼譏誚，獵物害怕又無助的樣子似乎使她更加趾高氣揚。邪惡的快感讓她說話都慢條斯理起來。

「貞潔又優雅的已婚貴婦，去偷情的樣子原來是這樣的呀……戴著面紗，當然要戴面紗囉，要不偷情之後你還怎麼繼續扮演賢妻良母……」

「您……您到底有什麼企圖？我根本不認識您……我得走了……」

「你想走啊……那當然……要回到你先生那裡嘛……回到你溫暖的小窩裡，繼續扮淑女，還要那些僕人為你寬衣解帶呢……不過，像我們這樣的下等人，哪怕餓死街頭，你眼睛也不會眨一下……除了愛情，我們什麼都沒有，你還要把它給偷了去，真是個淑女哦……」

伊蕾娜鼓起最後一絲勇氣，聽從內心某種模糊的直覺，從錢包裡飛快地抽出一張鈔票塞到女人手裡。「拿去……這個給您……不過請您放了我……我再也不來這裡了……我答應您。」

陌生女人用惡毒的眼神瞪了她一眼，接過錢。「婊子。」她喃喃說道。這個詞把伊蕾娜嚇得魂不附體，萬幸的是女人終於把門讓出來了，於是她拚了命一頭衝出去，上氣不接下氣，腦袋一片空白，像個跳樓自殺的人。身邊閃過的路人的面孔都扭曲成了凶惡的鬼臉，她拚命往前跑，險些失去意識，總算在最後關頭趕到了一輛等在角落的計程車前面。她像扔掉什麼重物一樣把自己扔到車廂裡，渾身僵硬，動彈不得。司機驚訝地詢問這位古怪的乘客要去哪裡，伊蕾娜一開始只是用空洞的眼神看著他，過了一陣，麻痹的大腦才明白過來他在說什麼。「去火車南站。」她口中突然蹦出這麼一句，一想到陌生女人可能還在跟蹤她，心裡就害怕得不行。「快快快，快開車！」

在車裡的時候她才察覺到這次偶遇把自己嚇成了什麼樣。她摸摸手，這雙手僵硬冰冷，像死物一樣掛在身體兩側，她猛地一陣顫抖，全身險些要垮了。喉嚨裡湧出一股苦味，噁心得想吐，同時又升起一股莫名的陰暗怒火，痙攣般要把她的內臟都翻出來。她此刻真想大叫，或者對身邊的一切拳打腳踢，就為了從可怕的回憶當中解脫出來——它像一個魚鉤刺在她大腦深處：粗俗不堪的面孔，譏嘲的微笑，惡臭的貧婦，從她喉嚨裡湧出來的臭氣，充滿恨意的大嘴，把淫穢至極的詞語吐到自己臉上，還有那緊握的血紅拳頭、她用來威脅自己的武器。噁心感越來越強烈，已經衝到喉嚨口，況且還有這開得飛快、顛簸不已的車子，伊蕾娜剛想請求司機開慢點，卻猛地想起自己身上的錢不夠付車資了，因為她把一大張鈔票塞給了那個勒索者。她匆匆示意司機把車停在路邊，在他驚奇的目光中下了車。幸好錢包裡的錢還夠付。但接著，她發現自己流落到了一個陌生的街區，儘管雙腿在恐懼的壓迫下都快站不直了，她還是得回家。於是，伊蕾娜使盡最後一點力氣，克服了深深的疲倦，從一條巷子踉蹌地走到另一條，彷彿是在沼澤或者齊膝深的大雪中前行。最後，她總算到了自家門口，滿臉慌亂、跌跌撞撞地上了樓，不過馬上便收斂了表情，不讓別人察覺到自己的不安。

她進門，女僕過來為她脫下大衣，一旁傳來了小兒子和他妹妹的玩鬧聲，目之所及都是熟悉的事物，無不屬於自己，充滿安全感。此刻伊蕾娜才恢復了鎮定，雖然胸脯還在激動的暗流衝擊下隱隱作痛。她摘下面紗，整理了一下儀容，盡力讓自己顯得和善，接著便走進了飯廳，丈夫正在桌旁讀報，桌子已經鋪好，晚餐準備就緒。

「太晚了，伊蕾娜，太晚了。」他帶著溫和的責備問候她，站起身來，親了親她的臉頰，這讓她心裡不自覺地浮起一絲羞恥與尷尬。她坐到桌旁，丈夫頭也不抬，從報紙後面淡淡地問了一句：「這麼晚，去哪裡了？」

「我剛剛……在……在艾米麗家裡……她要出去採購，我陪她多走了一會兒。」她解釋道，對自己的不謹慎感到惱火，這謊扯得也太差了。平時的話，她總會事先想好一個禁得起各種推敲的藉口；今天，在一時恐慌之下，她完全忘了要對丈夫撒謊這件事，於是臨時想了這麼一個不高明的說法。如果，她心裡閃過一個念頭，如果丈夫像上次兩家人一起去看戲那樣，回家之後還打電話去問艾米麗的話……

「怎麼了？……你看起來好像很緊張的樣子……還有，帽子為什麼一直戴在頭上啊？」她丈夫問道。她嚇了一跳，感覺自己在尷尬中被抓了個正著，她馬上站起身來，走回房間，摘下帽子，久久地凝望著鏡子裡自己不安的雙眼，直到找回那堅定的眼神。然後她才回到了飯廳。

女僕為他們上菜，這是一個很平常的晚上，雖然兩人之間的話可能少了那麼一點。與平時相比，這個晚上的談話是那麼索然無味，迂迴曲折，讓人疲憊。她腦海裡總是一路回閃和那個陌生女人碰面的場景，每當回想起那一刻，她總會被嚇一跳，然後便抬起眼睛，充滿溫情地打量著房間裡充滿著生機又親切的每一樣物品，它們身上都帶著回憶與意義，這讓她再度充滿了安全感與輕盈的平靜。牆上的掛鐘用鋼鐵般的步伐不疾不徐地穿越著寂靜，不知不覺間，她的心跳找回了平穩無憂、安然無恙的節奏。

翌日早上，丈夫去律師事務所上班，孩子外出散步，而她總算迎來了獨處的時光。在清澈的晨光下，那次可怕的偶遇在仔細反思之後好像也沒有之前那麼嚇人了。伊蕾娜夫人先是想，昨晚她戴著非常厚的面紗，那個女人根本不可能看到底下的人長什麼樣，更別說認出她來。她靜下心來，掂量著一切防患未然的辦法。首先，她無論如何不能再去她情人的公寓了，這樣的話，就排除了所有再遇見那個女人的可能。唯一的危險是在街上偶然再次遇見她，可是這未免太過荒唐，畢竟這座城市有兩百萬居民，而且她昨晚是搭計程車走的，那個女人不可能還跟著她。她也不知道自己的姓名和住處，要明白無誤地分辨出面紗底下模糊不清的面孔，是完全不可能的事，因此無須擔心。不過，就算她真的認出了我，伊蕾娜夫人心想，我也有脫身的辦法。到時她只需要（她馬上就下了決心）保持鎮定，矢口否認一切，說明是個誤會就行了。況且，除了當時當地，她根本沒有任何證據證明那就是自己。要是這女人還不甘休，那就可以控告她敲詐勒索。伊蕾娜夫人的先生是首都最負盛名的辯護律師之一，她這律師娘可不是白當的，從以往丈夫和法律同行的交流中她很清楚地知道，對付敲詐勒索必須面不改色，快刀斬亂麻，因為任何一絲的猶豫和不安的跡象都會使敲詐者占上風。

伊蕾娜夫人採取的第一個反制行動，就是給情人寫一封短信，說明她明天上午沒辦法赴約了，而且以後也不可能再赴約了。她寫信的時候帶著一絲高傲，得知對情人而言自己只是這麼一個卑鄙下作的女人的替代品，她覺得很尷尬；寫完之後，她充滿恨意地審讀了一遍，為自己這麼冷酷地報了仇而高興，藉這封信她向情人表明，去不去他那裡，完全取決於自己的心情好不好。

她是在一次晚上的閒聊中偶然認識她的情人的，對方是位頗有名氣的鋼琴師。不久後，她糊裡糊塗地成了他的情婦。其實，她內心並不渴望他身上的任何東西，促成他們交合的既非肉欲也非靈魂。她把自己獻給他，可是並不需要他，也沒有強烈地渴望過他身上的什麼東西，只是面對他的追求懶得反抗而已，又或者是出於某種不安分的好奇心。她一點也不想要他，她想要的肉欲的滿足已經在婚姻的幸福中實現，而造成某些婦女出軌的原因——精神生活的不足——也不適用於她；事實上，她的丈夫家財萬貫，學識淵博，遠勝於她，她在和他的婚姻中感到某種市井意義上的心滿意足。作為兩個孩子的母親，她舒舒服服地停靠在中產階級那風平浪靜的港灣裡。然而，這家庭生活的氛圍中有那麼一種軟弱無力的感覺，一種輕柔溫暖的幸福，就像溼熱的天氣或者即將來臨的風暴，比不幸更讓人心旌搖盪。飽脹和飢餓一樣，讓人衝動不安，正是生活的風平浪靜激發了她冒險的好奇心。

而現在，就在她心滿意足，一切盡在掌握之時，這個年輕人走進了她富庶的市民生活。平時她身邊只有一些開著無傷大雅的玩笑、打情罵俏的紳士，他們崇拜「窈窕淑女」，但並不把她們作為女人來渴望。面對這個年輕人，她內心自青年時代以來第一次感到了悸動。或許，他身上唯一吸引她的是那一絲憂鬱的影子，它在他獨特有趣的五官之間游移不定。

一直生活在富足的中產階級之間的她，在這種謎一般的憂鬱中感到了一個更高層次的世界的存在，於是不知不覺從自己日常情感的邊緣探出頭去，為了細看這全新的氣象；然而，對於女人來說，好奇心總是無意間和感官相連。她的一句讚美，也許只是過於沉浸在演奏之中所以脫口而出的冒失話，卻讓他從鋼琴上抬起雙眸，望向那個召喚他的女人，兩人的目光便在這一瞬間相接了。她嚇了一跳，然而馬上感受到恐懼帶來的快感，演奏結束後的一場對話，像地下火一樣把一切照亮、點燃，讓她的好奇心越發不可收拾，和他在另一場音樂會上的再次相逢已不可避免。他們越來越常碰面，不久之後便成為日常。他一再保證，對一位真正的藝術家來說，她的理解和觀點至關重要。在虛榮心的驅使下，她幾週後就不加思索地接受了他的邀請，去他家裡聽最新作品的演奏——這個承諾的意圖可能並不真誠，可是在後來的一番親吻和她自己都覺得震驚的獻身中，早就不再重要。她的第一感覺是驚愕，因為事先完全沒想到這一切會過渡到肉欲；他們關係裡最初的精神與靈魂的洗禮，在這一肉體的衝撞中突然化為烏有，然而這場意外出軌所帶來的罪惡感很快就被令人心癢的虛榮所撫慰，因為她感到，自己有生以來第一次主動否決了以前生活的那個富足的市民世界。不過，這神祕的激情和衝動也就維持了一陣。她內心深處本能地排斥這個男人，特別是排斥他所代表的那種全新的東西、那種和她的世界格格不入的東西，儘管恰恰是這激發了她的好奇心。只要一意識到他的身體在自己旁邊，這場遊戲中使她心醉的激情就轉變成驚恐不安；她並不想要這突如其來、霸道專橫的擁抱，她總是不由自主地把這男人的粗魯和自己丈夫那結婚多年依然恭敬如賓的溫柔相比較。可是，第一次出軌之後，肯定就會有第二次、第三次，這一切算不上幸福，也不能說是失望，一切只是某種義務感和習慣帶來的惰性罷了。幾週後，她已經把生命裡的一小塊地方打掃乾淨，留給了這個年輕人，每週賞他那麼一天，就像每週探望一次公公婆婆一樣，不過她從未想過要為了他放棄舊有的秩序，她只想在它之上增添點新細節而已。情人的存在沒有改變她舒坦人生的一絲一毫，他成了某種意外之喜，如同多生了一個孩子或者買了一輛新車。很快，和他的會面也不再是什麼冒險了，而是像某種應得的享受那樣，平淡無味。

此刻，她第一次可能要為這次冒險付出代價，於是便開始斤斤計較起來，衡量它在自己心中的分量。她生來命好，受盡家人嬌慣，家境優渥，要什麼有什麼，繼續這段關係只會給她帶來不愉快，一開始就有違她怕苦怕累的天性。她可不願意犧牲自己的無憂無慮，於是想都沒想就決定祭出自己的情人，那樣以後就可以繼續過著安逸的日子。

情人的回信當天下午就送到了她家裡，信寫得驚惶失措、語無倫次，想必是被她的決定嚇了一跳。情人發了瘋似的懇求她，指責她，向她訴苦，這使得伊蕾娜夫人的內心產生了動搖。他迫切至極地懇求她，起碼再見一面，如果他之前無意中冒犯到她的話，請給他一個解釋的機會。這場新遊戲讓她興奮，她覺得大可以跟他再鬧一陣脾氣，不必解釋為什麼拋棄他，好鞏固自己在他心目中的地位。於是，她回信約他在一家甜品店碰面，她突然記起自己年輕的時候曾在那裡和一位演員幽會過，當然，這約會是那麼恭敬如賓、天真無邪，現在想起來真的好幼稚。奇怪，她心想，嘴角禁不住上揚，她生命裡其實曾經有過那麼一點浪漫，多年婚姻生活之後早就消耗得差不多了，如今卻再度綻放。想到昨晚和那個女人的風暴般的相遇，她幾乎樂在其中，因為她很久以來都沒有真正地激動過一回了，昨晚，她麻痹的神經突然醒來，在身體深處不停地搏動著。

這次，她穿了一件不起眼的深色洋裝，換了一頂帽子，這樣就算再遇到那個女人，也能迷惑她一下。本來她還打算戴上面紗，好讓自己不被認出，可是最後一種突如其來的高傲讓她摘了下來：她、一位德高望重的貴婦，出門居然要擔心被某個無名氏認出？

她出門的那一刻，一絲飄忽不定的恐懼傳遍全身，引起一陣神經質的寒戰，就像游泳者投身波浪之前腳尖觸水的那一刻。不過這冰冷的恐懼就持續了一秒鐘，瞬即轉化成一種罕見的沾沾自喜，讓她迷醉；她感到一股前所未有的欲望，想要繃起雙腿，抬頭挺胸，輕盈有力地信步往前行。某種說不清楚的意念驅使她在戀愛冒險那磁石般的神祕吸引力中越行越遠，可是甜品店就在沒幾步遠的地方了，她感到很掃興。

約定的會面時間馬上就到，而且，在內心，一種令人愉悅的感覺告訴她，情人已經等在那裡了，這次她又打了個漂亮的勝仗。果不其然，她進甜品店的時候他就坐在角落裡，一見到她便激動得跳起來，這使她又感動又尷尬。他看起來心情狂躁，難以自制，用一大串問題和責備轟炸她，她得提醒他別說那麼大聲。她閉口不談拋棄他的真正原因，而是含糊其詞，顧左右而言他，這使得情人更加抓狂。這一次，她沒有遷就他的任何願望，甚至連承諾都不敢做，因為她感覺到，自己突然全身而退是多麼傷他的心……半個小時緊張不已的談話之後，她終於離開了他，沒留一點溫柔，也沒給半字承諾，然而此刻，她心裡卻有一種奇怪的感覺在燃燒——只有在還是個小女孩的時候，她才有這樣的感覺。她覺得自己心底深處有一小撮飄忽不定的火星，就等著風把它吹成熊熊大火，把自己燒個精光。她如飢似渴地吮吸巷子裡每個過路人撞到她身上的目光，一想到以後還能如法炮製，使其他男人也對自己飛蛾撲火，那意外的勝利感便讓她激動得不能自控。她現在是那麼渴望看到自己的臉，以至於突然在一家花店的櫥窗前停了下來，在紅玫瑰和嬌豔的紫羅蘭之間欣賞自己的姣好面容。青春消逝以來，她再也沒體會過這樣一種輕盈、活潑、生機勃勃的感覺，無論是新婚蜜月還是和情人最初的擁抱，都不能使她的身體火花四射，一想到自己馬上就要回到日常生活中去，告別這種血液中令人上癮的甜美，她就受不了。她惱火地繼續前行。在自家門前，她猶豫不決地站住，深呼一口氣，最後一次回味這個小時裡熾熱如火、使人迷狂的感覺，要把它印在心底，這是這次冒險的最後餘韻。

這時，有人碰了碰她的肩膀。她掉過頭去。「是您……您，您來這裡幹什麼？」看到那張惡臉的一瞬間，她嚇得差點昏死過去，結結巴巴地吐出幾個字，然而，更可怕的是，她聽見自己說了這句註定把她推向毀滅的話。出門之前她對自己千叮萬囑，如果再碰見這個女人，就當沒見過她，矢口否認所有的事，態度要硬一點，直接告她勒索……可是已經晚了。

「我在這裡等您半小時了，華格納夫人。」

伊蕾娜大驚失色。這麼說，這女人知道她的姓、她的住址。完了，現在一切都完了，她只能任她宰割。

「我在這裡等您半小時了，華格納夫人。」女人重複了一次她的話，既像責備，也像威脅。

「您……您來我家……有何貴幹？」

「您應該知道才對呀，華格納夫人，」聽到她叫自己夫家的姓氏，伊蕾娜又嚇了一跳——「您知道我來的目的。」

「昨晚之後我再也沒見過他……您放過我吧……我再也不會去見他了……再也不會了……」

女人懶洋洋地等著，直到伊蕾娜激動得再也說不出一個字。然後，像對待下人一樣，她極其粗魯地喝道：

「別說謊了！我可是跟著您到甜品店的，」見到伊蕾娜後退了一步，她嘲諷地補了一句，「我呀，沒有工作。店裡的人把我解雇了，說什麼人手夠了，什麼市況不好，要精簡員工。喏，不用上班了，這麼好的機會，我們這種人可不能錯過呀，我們也要出來散散步，解解悶……向您這樣的淑女看齊。」

她這話說得那麼惡毒，就像刀子一樣刺進了伊蕾娜的心。她手無寸鐵地面對著這卑鄙的赤裸裸暴行，一股恐懼在心底裡螺旋上升：這個人很可能會開始大吵大鬧，她的丈夫隨時都會過來，那樣就真的完了。她飛快地從皮手籠裡掏出一個銀手包，取出所有的錢，塞給那個女人。

然而，女人拿到錢後，那隻無恥的手並沒有像上次一樣知足地放下來，而是僵硬地停留在半空，五指張開，就像猛禽的爪子。

「把那個包也給我，要不我怎麼裝錢！」女人的嘴角充滿諷刺地上揚，滿臉得意。伊蕾娜看了她一眼，就一秒鐘。那張臉上邪惡、無恥、譏諷的微笑簡直讓人忍無可忍。她感到一陣噁心，它灼熱、刺痛，貫穿了全身。快跑，快跑，再也不要看見這張臉了！她轉過身，看也不看就把那個名貴的手提包甩給她，然後見了鬼似的飛快往樓上跑。

丈夫還沒回家，她可以直接倒在沙發上。伊蕾娜躺在上面，渾身動彈不得，彷彿剛剛被鐵錘砸到。只有在丈夫的聲音從門口傳來那時候，她才使出吃奶的力氣站了起來，下意識地拖著身子走到另一個房間，大腦一片空白。

恐懼進了屋，待在房間裡不肯走。在這空虛無措的幾個小時裡，與那個女人的可怕相遇帶著全部細節一浪接一浪地將她沖回記憶的岸邊，她這才明白自己的處境是多麼無望。那個女人居然——天曉得透過什麼途徑——知道她的名字、她的住處，而且在第一次得手之後，肯定還會一而再再而三地上門，利用她知曉的祕密來敲詐勒索。她會像噩夢一樣，日復一日、年復一年地壓在她身上，無論自己怎樣絕望地反抗，都擺脫不了；雖然她家境優渥，丈夫也有錢，可是這樣長年累月未經丈夫同意便調用大筆錢財擺脫那女人，是根本不可能的事。而且，從丈夫偶然跟她講過的案例和訴訟中，她得知，這樣一個老奸巨猾、不知羞恥的女人所作的任何承諾和約定都只是一紙空文。一個月，頂多兩個月，她想，還能用錢打發這個噩夢，然後她那闔家幸福的大樓就會坍塌，唯一讓她在絕望中感到些許快慰的就是，如果她倒了，那女人也會同歸於盡。

此刻，她驚恐地斷定，一場大災難的到來是不可避免的，逃也逃不掉。可是……到底是什麼樣的災難？她從早到晚一直在想這個問題。總有一天，她丈夫會收到一封信，她幾乎能看到他氣得臉色慘白、目光慍怒地朝自己走來，一把抓住她的雙肩，質問她……但之後呢……之後又會怎樣？他會怎麼做？

假想突然消失在一陣狂亂而暴虐的恐懼之中。她完全猜不透接下來會發生什麼，所有的預設都眩暈著掉進深淵。在冥思苦想之間，她突然惶恐地意識到：自己根本不瞭解眼前這個男人，也猜不透他會做出什麼樣的決定。當初，她只是奉父母之命才嫁給了他，她心底裡並不抗拒這個男人，一開始就對他有好感，後來這些年更證明了這個選擇沒有錯。婚後八年，她和他一起生活得舒適、寧靜、美滿，懷了他的孩子，有了一個家，和他同枕共眠無數個日夜。直到今天，在質問自己他對此事會有什麼可能的反應時，伊蕾娜才意識到，這個男人一直以來只是個陌生人罷了。直到現在她才開始細細回顧他的人生經歷，想從中推測出他是個什麼樣的人。在每一個回憶的細節上，她的恐懼就像錘子一樣，戰戰兢兢地敲幾下，為了找到通往他內心祕密的大門。

她苦想了一陣，既然話語不能告訴自己他的為人如何，那不如看看他的臉吧，現在他正坐在扶手椅上讀書，電燈光把他的臉刻畫得稜角分明。她彷彿第一次看見他那樣，深深地凝望他的面容，想從這張本來熟悉，可是一下子陌生起來的臉上解讀他個性的密碼。他的額頭光潔無瑕，彷彿是用強大的精神與靈感雕刻出來的，嘴巴的線條嚴峻而堅定。在這具充滿男子氣概的軀體上，一切都簡潔、幹練、生機勃勃、意氣風發。伊蕾娜吃驚地發現，他是如此俊美，他那沉穩又嚴肅的姿態令人讚歎，冷峻威嚴的氣質一目了然。他埋藏著所有祕密的雙眼正專注地看著手中的書，因而沒察覺到伊蕾娜正在打量自己。她可以一直這樣帶著疑問凝視他，彷彿他身體的輪廓正彙聚成一個詞語，或是寬恕，或是詛咒，他陌生的形體冷酷得讓她害怕，堅定中卻又散發著一種非凡的美。她突然意識到自己是那麼愛看他，帶著欲望，也帶著自豪。這時他突然從書中抬起頭來。她連忙退回到黑暗中去，好不讓自己詢問的眼神觸發他心中的疑慮。

她整整三天足不出戶。她不安地發現，自己如此堅定地待在家裡已經讓其他人察覺到了異樣，因為平日裡的她可愛社交了，根本不可能幾個小時甚至一整天不出門。

最初發現這一異樣的人是她的兩個孩子，尤其是哥哥。他個性很天真，絲毫不掩飾對媽媽整天都在家的驚訝，這讓她非常尷尬，而傭人則在私底下說閒話，和家庭女教師風言風語。伊蕾娜徒勞地挖空心思，想出各種理由，忙這忙那的，就為了讓自己待在家裡的時候不要太顯眼，可是無論在哪裡，她總是幫倒忙，打破了家裡往日的秩序，使得自己的在場更加可疑。她本可以聰明地全身而退，安安靜靜地躲在房裡看書或者縫縫補補，那樣別人就察覺不到她是被軟禁了；可是她十分不擅長掩飾，而且內心一波強似一波的恐懼使她精神緊張，手忙腳亂，整天從這間房跑到那間房。每次電話響或者有人按門鈴她都嚇得魂飛魄散，這種神經質的狀態令她意識到，自己的人生這回是真的毀了。軟禁在家的三天對她來說比婚後八年還要漫長。

然而，在第三天晚上，她收到了一份請柬，有人請她和丈夫一同赴約，這邀請一時半刻如果沒有站得住腳的理由根本推不掉。如果她不想毀掉自己，就必須打破這圍住她人生的鐵欄、這看不見的恐懼的鐵欄。她要去見見人，抓住幾個小時喘息的機會，否則就會一直自己嚇自己，最後粉身碎骨。況且在別人家裡，被一群親戚和好朋友圍著，這不是更安全嗎？這樣的話，她就不用害怕被看不見的人跟蹤了，更不用害怕有誰會攔住自己的去路。

她走上大街的第一秒，全身就泛起一陣寒戰，這是她上次交鋒之後第一次走出家門。她下意識地緊緊摟住丈夫的肩膀，閉著眼睛，飛快地穿過人行道，走到停在路邊的車子旁。他們終於上了車，她安穩地陪在丈夫身邊，在夜色中穿越空無一人的街道，這時那重擔才卸了下來，在走上朋友家門口的臺階那時候，她知道自己得救了。這幾個小時裡，她又可以做回以前的自己，無憂無慮，快快樂樂，就像一個從地牢裡釋放出來走到陽光下的人，她從未像今天這樣意識到自己的快樂。在這裡，所有的威脅和仇恨都被擋在牆外，在這裡只有她愛的人，敬重的人，妝容精緻、衣著優雅的人，他們在安逸的火焰映照下臉色紅潤，那享樂和無憂無慮的波浪最終也席捲了她。因為，在踏進門的那一刻，她從其他人的眼神裡察覺到，她很美，而此刻這種一直以來都缺失的自信使得她更美。

一旁傳來的音樂讓人無法抗拒，穿透了她灼熱的肌膚，直達心底。舞會開始了，不知不覺，她走到了人群中心。她一生中還沒有像現在這樣跳過舞。急速回轉讓她擺脫了所有重負，一呼一吸間節奏融入四肢，身體飛旋如火舞流星。音樂停下來的時候，她的身體在陡然靜止間居然隱隱作痛，因為只要舞步停了，她就會開始回想，回想一切，回想「那件事」，只有輪舞時永不停息的火焰能點燃她恐懼的肢體，使她如獲新生，音樂與節奏把她拋入冷冽而裹挾一切的水流下，她恨不得一頭栽進舞蹈的漩渦之中。平時她只是一個平庸無趣的舞者，總是跳得太謹慎、太穩重，動作太僵硬；然而此刻剛剛擺脫恐懼，愉悅的迷醉把她從自己身體裡解放了出來。她無拘無束，傾盡一切，幸福得快要融化了。她感覺到自己四周那數不清的肩膀和雙手，匆匆觸碰之後又飛快地告別，她聽到人群中轉瞬即逝的歡聲笑語，享受著血液深處音樂的律動，全身上下的衣服好像著了火那樣，以至於她下意識地渴望掙脫一切束縛，脫掉全部衣服，墜入迷醉的深淵。

「伊蕾娜，你怎麼回事？」她聞聲轉過頭來，身體還擁在舞伴火熱的懷抱中，眉眼間還帶著盈盈笑意，頭暈目眩。然後，她看見了丈夫詫異的目光，它冰冷又無情，一下子刺進她的心臟。伊蕾娜嚇了一跳。她剛剛跳得太放肆了嗎？她是不是暴露了什麼？

「你……你在說什麼呀，弗里茨？」她支支吾吾地說，還沒從與他目光相碰的驚恐中緩過神來。丈夫越來越仔細地打量她，彷彿早就看穿了她心裡的一切。她差點就要承受不住他鋒利的目光而尖叫起來。

「真是奇怪。」沉默了好一會兒之後，他總算開口，喃喃說道。他的聲音裡有一種深深的驚異。她不敢問他指的是什麼。不過，看到他無語地轉過身去，把寬大強健的肩頭和僵硬地聳起來的脖子對著她，她突然被一種恐懼攫住。他看起來就像個殺人犯，她腦海裡飛快地閃過這個念頭。她彷彿第一次見到自己的丈夫，而且直到現在才驚恐地意識到，他很強大、很危險。

音樂聲再次響起。一位先生上前邀她跳舞，伊蕾娜機械性地挽住他的肩膀。可是現在所有卸掉的重負又回來了，無論音樂多麼輕快，她的身體都像灌了鉛一樣動不起來。這種沉重從心臟一直蔓延到腳尖，每走一步她都覺得疼痛不堪。最後，她只好請求舞伴放開她。離場的時候她下意識地回頭看了一眼丈夫是不是還在附近，然後發現他就站在自己身後。她嚇了一跳。他正用空洞的眼神和她對視，好像一直在等她。他到底想幹什麼？他到底知道了什麼？她下意識地把洋裝在胸前捧起來，彷彿要遮住自己赤裸的胸脯。他的沉默就像他的目光一樣堅決。

「走嗎？」她戰戰兢兢地問道。

「嗯。」他的聲音聽起來生硬、冰冷，充滿了惡意。他在前面開路。她又看見了那粗壯而極具威脅性的後頸。穿上皮草之後，她還是冷得發抖。兩人坐車回家，路上沒說一個字。她不敢吭聲。她感到，自己又多了一個新的敵人，前後夾擊，她已經沒有退路了。

那天夜裡，她做了一個噩夢。一首她不認識的曲子響了起來，迴盪在高大明亮的舞廳裡，她進場，匯入看不盡的人群與色彩之中，突然有一個她好像見過可是又認不出是誰的年輕男人衝破人海朝她走來，捉住她的手臂，邀她共舞。她感到快樂而輕鬆，樂聲的海浪把她托起，她感覺不到地面了。於是，他們一路跳著穿過了許多金碧輝煌的大廳，裡面的吊燈彷彿日月星辰一樣掛在空中，散射著微弱的火光，牆上是一面接一面的鏡子，把她自己的微笑映照出來又拋出去，直至兩人迷失在無盡的反射之中。舞步越來越熾烈，音樂越來越火熱。她發覺，自己年輕的舞伴貼得越來越近了，他把手探到她赤裸的臂彎裡，她在痛苦的情欲中呻吟起來，而在此刻，在兩人四目相對之時，她覺得自己認出了他。他是那個演員、那個自己還是個小女孩的時候就愛得發狂的演員，還未等她驚喜地叫出他的名字，年輕人就用熱吻封住了她的嘴唇。他們的嘴唇熔化為一體，如膠似漆地擁抱著彼此，就像被極樂世界的風托著，從一個又一個的房間飛過。無盡的牆壁從旁劃過，飄浮的天花板突然消失不見，她感覺到自己的身體說不出的輕盈，自己的四肢無拘無束。突然，有個人從後面碰了碰她的肩膀。她停下來，音樂聲戛然而止，天幕華燈盡數熄滅，黑漆漆的牆壁迎面壓來，身邊的舞伴不知其蹤。

「你這個小偷，快把他還給我！」——是她，是那個面容可憎的女人——她的尖叫在四壁迴響，冰冷的手指緊緊掐住伊蕾娜的手腕。她嚇得站起身來，聽見自己在放聲大叫，這慘叫就像瘋子叫出來的一樣，在大廳內迴盪。兩個女人開始搏鬥，但那個女人更有力，她先是把伊蕾娜的手鍊扯下來，然後又撕掉她半邊裙子，碎布之下乳房和肩膀都露了出來。一轉眼的工夫，她又回到了人群中，他們從各個大廳聞聲而來，盯著半裸的她，嘲笑她，對她指指點點。那女人則尖聲大叫起來：「就是她，就是她把我的男人偷走了，這個紅杏出牆的女人，這個妓女。」她不知道該往哪裡躲，又該看哪裡才好，因為大家突然擁上前來，帶著好奇與起鬨的神情圍觀她赤裸的身體。她驚慌失措地求救，突然在昏暗的門邊見到了她的丈夫，他正無動於衷地站著，右手藏在身後。她大叫一聲朝他奔去，穿過一個又一個房間，身後貪婪的人群怒不可遏，她覺得自己只剩一半的洋裝越滑越低，拉都拉不起來了。此時，一扇門在她前方打開，她迫不及待地衝下臺階，但沒有想到的是，那個邪惡的女人已經穿著她的小棉裙，張開毒爪等在下面了。她連忙跑向一邊，發瘋似的奪路而逃，可是那女人在身後窮追不捨，她們兩人在夜色中瘋跑，街上闃寂無人，路遠得彷彿沒有盡頭，路燈獰笑著朝她們低下頭來。她聽見身後女人木底皮鞋咔嗒咔嗒的聲音，但每次只要她在街角轉彎，那個女人總是從轉角跳將出來，她無處不在，埋伏在每一棟房子的後面。她有無數個分身，總是趕在伊蕾娜前面阻擊她，她還沒來得及跑開，膝蓋就已經嚇軟了。最後她總算跑到了自家門前，於是猛地衝上樓梯，但剛打開門，就見到手持尖刀的丈夫用凶惡的目光盯著自己。「你去哪裡了？」他陰暗地問道。「哪裡也沒去。」她聽見自己說道，突然背後傳來了一陣刺耳的大笑。「我看見了！我看見了！」那個女人高聲獰笑，冷不防地站在她身旁，笑得像個精神病人。然後，丈夫舉起刀子。「救命！」她高呼，「救救我！」……

她抬起眼睛，驚慌不已的目光和丈夫的相遇了。到底發生了什麼事？她在自己房間裡，吊燈發出黯淡的光，她在家、在自己床上躺著呢……原來只是個夢。可是，為什麼丈夫要這樣坐在她的床邊，像探病一樣看著她？誰開的燈？為什麼他要這樣一動不動地坐著，那麼嚴肅地看著她？她心中充滿了恐懼。她下意識地瞧了瞧他的手：不，那裡沒有刀子。剛剛睡醒的麻木感漸漸褪去，他的形象也不再像雷鳴一樣遙不可及。她肯定只是做夢而已，對，在夢中驚叫，然後把他也嚇醒了。可是他看她的眼神為什麼那麼嚴肅，那麼刺人，那麼冷酷無情？

她試著擠出一絲微笑：「怎……怎麼了？你為什麼這樣看著我？我只是做了個噩夢。」

「嗯，你在夢裡叫得很大聲。我在隔壁房間都聽見了。」

我叫了些什麼？我不小心洩露了什麼祕密？她驚慌地想，他知道了什麼？她幾乎不敢抬頭直視他的眼睛。不過，他眼裡帶著一種罕見的平靜，正一本正經地低頭看她。

「伊蕾娜，你到底怎麼了？你肯定有什麼事。這些天來你像變了個人似的。你好像一直在發燒，緊張不安，經常心不在焉，夢裡還喊什麼救命。」

她用盡全力使自己微笑起來。「不行。」他固執地說，「你肯定有事瞞著我。你是不是有什麼苦惱，或者心底受到了什麼折磨？全家上下每個人都察覺到你變了。你要信任我，伊蕾娜。」

他不經意地貼近了她一點，她感覺到他的手指在撫摸自己光滑的手臂，他的眼裡閃爍著異樣的光。她此刻是多麼渴望馬上投入到他堅實的懷抱裡，緊緊地擁抱他，向他坦白一切啊，她會抱著他不鬆手，直到他因為不想看著她受苦而原諒她為止。

然而，在吊燈微暗的光線下，她的面孔一覽無遺，她覺得要坦白一切實在太過羞恥。她不敢開口。

「弗里茨，別擔心，」她擠出一點微笑，雖然從頭到腳都在顫抖，「我只是最近精神有點緊張。很快就會沒事的。」

那隻緊緊摟住她的手猛地縮了回去。看到這一幕，她感到毛骨悚然，在吊燈的玻璃色光線下她看到他的額頭突然烏雲密布。他慢慢站起身來。

「我不知道你怎麼回事，我只是覺得，這幾天你好像一直有什麼事要跟我說，只跟你我兩人有關的事。現在沒有其他人在，伊蕾娜。」

她躺在床上，全身動彈不得，彷彿被他嚴肅又令人看不透的目光催眠了。要是能坦白該多好，她想，哪怕就說一個字、一個微不足道的詞——對不起，那這件事就結束了，他也不會追問她到底做錯了什麼。然而，這該死的吊燈啊，為什麼要一直開著？這放肆、無禮的燈光，就像在監聽似的。她想，要是在黑暗中自己肯定能把祕密和盤托出。可是這燈光讓她焦慮。

「好吧，你真的，真的沒有什麼要跟我說的？」

多麼可怕的誘惑，他的聲音又是多麼溫柔無害！她從未聽過他這樣子說話。可是這光、這吊燈，這明晃晃的、貪得無厭的燈光啊！

她給自己打了打氣。「你在想什麼啊，」她大笑，被自己聲音裡的虛假給嚇到了，「我睡不好，所以就有祕密瞞著你囉？能有什麼祕密，婚外情嗎？」

她又被自己嚇了一跳，這話聽起來那麼假，那一瞬間恐懼簡直透徹心肺，她忍不住從他身上移開了目光。

「那好——你睡吧。」他這話說得簡明扼要，尖銳無比，聲音也變了。聽起來彷彿是在威脅她，或者在惡意地嘲諷她。

然後燈滅了。她看到他蒼白的身影消失在門後，儼然一個夜遊的幽靈。門關上的時候，她覺得像是棺材合上了一樣。這一瞬間，她覺得全世界的人都滅絕了，只剩下她這具空殼，只剩下自己的心臟在僵死的身體裡瘋狂跳動，每次搏動都直衝胸膛，讓她痛不欲生。

翌日，全家人坐下來吃午餐的時候——兩個孩子剛剛在打架，用盡九牛二虎之力才使他們好生安靜下來——女傭遞上了一封信。是給夫人的，她說，而且對方要求馬上回信。

伊蕾娜吃驚地看著信封上陌生的筆跡，匆匆把信拆開，剛讀了第一行字便面色煞白。她猛地站起身來，在大家不約而同的驚異中察覺到自己的反應有多麼激烈，這比那封信本身還讓她害怕。

信很短，只有一句話：「請您馬上交給送信的人一百克朗。」歪歪扭扭的字顯然是故意用左手寫的，沒有署名，沒有日期，只有這句嚇人的命令。伊蕾娜飛奔回房間取錢，可是錢盒子的鑰匙不知道放哪裡了，她像發著高燒一樣把所有抽屜翻了個遍，直至找到鑰匙為止。她顫抖著把一張一百克朗的鈔票裝進一個信封，然後交給在門口等著的傳信人。這一切是無意識地發生的，她彷彿被什麼人催眠了，連猶豫的餘地都沒有。然後她便——她才離開不到兩分鐘——回到了飯廳。

在座的人一聲不吭。她惴惴不安地坐下來，想為自己的失態找個藉口，然而——她的手抖得那麼厲害，不得不把剛剛舉起的杯子又放了下來——她驚恐地發現，剛剛因為太過慌張，把那封信忘在了飯桌上，白紙黑字的信紙就擺在她的盤子旁邊。她偷偷伸出手去把信捏成一團，正想藏起來的時候，卻迎面碰上了丈夫強硬的目光——那是她在他身上從未見過的嚴厲、銳利、痛苦徹骨的目光。這幾天裡，他不斷用這樣的眼神向伊蕾娜表明自己的懷疑，她對此總是不知如何回應，只能一直發抖。當初在舞池裡他就是用這樣的目光看著她，昨晚的夢中，也是這樣的刀一樣鋒利的目光懸掛在她的睡眠之中。正當她想說一句話來緩解緊張氣氛的時候，她突然記起了一段本來早已遺忘的往事：丈夫有一次跟她提到，自己打官司的時候見過一名檢察官，那位檢察官以一種特別的審案技能著稱。他有近視眼，訴訟時總是埋首讀文件，然而遇到某個真正關鍵問題的時候，他會閃電般猛地抬起頭來，用匕首一樣尖銳的目光審視被告，被告被這突如其來的凝視嚇得亂了陣腳，之前苦心經營的謊言就會不攻自破。丈夫現在是想對她採用相同的伎倆嗎？

伊蕾娜越往下想，就越害怕，她意識到，丈夫熱衷於心理戰的程度早就超過了一名律師所必需的職業技能；偵查一樁罪案並解釋它的來龍去脈，對他來說就像賭博或者看色情小說一樣刺激，這幾天的心理戰肯定點燃了他追蹤獵物的激情。他夜裡經常精神緊張，焦急不安，把以前相關的案件裁決書找出來通讀一遍，表面上卻裝得鐵面無情，讓人看不透。他不思茶飯，菸不離手，惜字如金，把所有的話都留到法庭上說。她曾經旁觀過一次他的辯護，之後就再也沒去過，因為她整個人被嚇呆了，丈夫身上居然有這麼陰暗的激情，他說的每句話都惡毒至極，臉上的每根線條都格外粗野。此時，在他那充滿威脅的緊皺眉頭下，無情的雙眼正一動不動地盯著自己，伊蕾娜彷彿回到了庭審的那一天。

遺忘已久的記憶此刻一股腦湧上來，這使她好不容易才聚集到唇間的話語也難以說出來了。她保持著沉默，但又更加抓狂地意識到，這沉默真的很危險。幸好午飯很快接近尾聲，孩子跳將起來，歡叫著衝進隔壁的房間，家庭女教師見狀馬上跟在後面，叫兩個調皮鬼不要太大聲。丈夫也站起身來，看也不看就邁著沉重的步子進了房。

剛剩下自己一個人，伊蕾娜就攤開了那飛來橫禍的來信。她又掃了一眼那句話：「請您馬上交給送信的人一百克朗。」最後，她把它撕得粉碎，捏成一團，想扔進廢紙簍，卻突然想到，要是有人把信的碎片黏起來那就糟了！於是連忙收手，去到火爐邊，把信扔進劈里啪啦的火舌之中。明亮的火焰旋轉著吞噬了這個威脅，她此刻才鬆了一口氣。

就在這時，她聽見丈夫從房門邊走回飯廳的腳步聲。她連忙站起身來，火爐還在冒煙，她被抓了個正著，因為羞恥而滿臉通紅。爐子的門還開著，祕密即將敗露，她想挪過身去把它遮住。但他並沒有往這邊來，只是——看似隨便地——坐到飯桌前，劃火柴點了一支菸，火苗湊到他面前的時候，伊蕾娜覺得他的鼻翼正在惱怒地抽搐。他平靜地抬頭看了看她，淡淡地說：「我只是想提醒你，你沒有必要把自己的信給我看。如果你有什麼祕密不想跟我說，那也是你的事，沒有人逼你。」她不吭聲，不敢抬頭看他。他等了一會兒，然後就從胸膛深處猛呼一口氣，把煙吐了出來，之後邁著沉重的步伐離開了房間。

她現在什麼都不想，只希望好好過日子，麻醉自己，她的心被日常的空虛與無謂的瑣事填滿了。她受不了繼續關在家裡，她覺得無論如何都要上街去，要到人群中去，否則一定會在恐懼的重壓下瘋掉。她希望那一百克朗可以從勒索者手中買來幾日安寧，因而決定出門走走，這樣怎麼也好過在家裡擔心這擔心那，還要拚命掩蓋自己性情大變的事實。她有自己逃避現實的方式。家門一打開，她就閉上眼睛，像跳水一樣躍進熙來攘往的人群中。堅實的鋪石路面又回到了腳下，溫暖的人潮再一次向她湧來，她以一位淑女最快的步速匆匆向前走去，心裡繃得緊緊的，不想讓任何人認出自己，眼睛一直盯著路面，盲目地橫衝直撞，心裡顯然還是害怕遇上那道危險的目光。就算真的有人在跟蹤她，她也不想知道。可是，她發現自己腦子裡來來回回想的只有這一件事，不小心撞到路人的時候總是驚慌失措。街上的每一種聲響、邁出的每一個步伐、旁人的每一個身影，都讓她的神經隱隱作痛，只有在車子裡或者別人家裡她才能喘一口氣。

一位先生向她打招呼。她抬頭認出了這位娘家舊時的老朋友，一位和善、健談、鬍子已經灰白的男人，平時她見到他總是能避就避，因為此公總愛跟別人抱怨他身體的小病小痛，那也許只是他自己臆想出來的病痛。她像平日那樣只是點頭致意，然後自行其路，可是馬上就後悔了，畢竟，一個熟人可以用來做盾牌，擋住那個勒索者的突襲。她猶豫了一下，本想折回去，然而覺得身後好像有人加快腳步向她跑來，便本能地、想都不想地往前跑。她感到那個跟蹤她的人也加快了腳步，這種預感讓她背脊發涼，內心的恐懼節節上升。她跑得越來越快，儘管她知道被追上已經是不可避免的事。她感覺到了，那隻手、那個女人的手，下一秒就要伸過來了——腳步聲越來越近了——她的肩膀開始打寒戰，膝蓋快要站不直了。來了，她來了，她感到對方已經近在咫尺，背後還傳來了一句雖微弱然而迫切的叫聲——「伊蕾娜！」她突然發現這不是那個女人的聲音，不，這不是那個厄運使者的聲音。她長呼一口氣，轉過身來：原來是她的情人。她突然停了下來，他險些就和她撞了個滿懷。

情人面色蒼白，臉上寫滿了激動和惶恐，此刻見到伊蕾娜不解地打量著他，又多了一份羞恥。他沒有自信地伸出一隻手來，但馬上又收了回去，因為伊蕾娜並沒有朝他伸出手。她只是目不轉睛地看著他，一秒、兩秒，他的出現對她而言是那麼意外。在這不得安生的幾天裡，她徹底忘記了他的存在。可是現在，當他滿臉慘白、神色慌張、大腦空空地站在一邊時，伊蕾娜突然怒了。她嘴唇顫抖著要對他說什麼話，臉上的激動顯而易見，情人見狀嚇得往後退了一步，結結巴巴地問她：「伊蕾娜，你怎麼了？」當他見到她不耐煩的手勢時，馬上又充滿愧疚地補了一句：「我到底做了什麼讓你不高興的事啊？」

她快要壓抑不住內心的怒火，直楞楞地看著他。「你做了什麼讓我不高興的事？」她譏諷地大笑起來，「才沒有！你什麼壞事也沒做過！你專做好事！好得不得了！」

他目瞪口呆，嘴巴驚訝得合不攏了，這讓他本來就愚蠢的臉顯得更加可笑。「可是伊蕾娜……伊蕾娜！」

「請不要大吵大鬧。」她惡狠狠地訓了他一句，「還有，別在我面前演戲。她肯定就在附近偷聽，對吧，你那個天真無邪的女朋友，下一秒就要向我撲過來……」

「你……你說的是誰呀？」

她真想給他的臉上來一拳，把這張僵硬無神、歪歪曲曲的白癡臉打個稀巴爛。她感覺到自己的手指已經緊緊捏住了傘柄。她這輩子還沒有這麼鄙視和憎恨過一個人。

「可是伊蕾娜……伊蕾娜啊，」他支支吾吾地說，顯然更加糊塗了，「我到底做了什麼讓你不高興的事？……你一聲不吭地離開了我……我沒日沒夜地等你回來……我整天都守在你家門前，就為了能和你說上那麼一句話。」

「你整天都……哦，好的……原來還有你。」她覺得再發火已經無濟於事。要是能往他臉上來一拳，那該多麼暢快！但她再一次克制住了自己，噁心地瞥了他一眼，考慮著要不要把這些天來堆積的怒火一股腦噴到他臉上，不過，最後她只是轉過身去，看都不看他一眼就再次衝進人海中。他一隻手還懇求般地伸著，一動不動地站在原地，直到人潮也席捲了他，他就像一片枯葉，在水流中漂浮著，打著轉，最終還是放棄了掙扎，被大浪沖走。

彷彿要故意擊碎她的白日夢那樣，第二天就來了一張便條。她的恐懼像一匹疲倦不堪的馬，這張便條就像鞭子一樣狠狠抽在牠身上，使牠再度狂飆。這次，那女人要兩百克朗，伊蕾娜馬上就給了，想都沒想過反抗。勒索的逐步升級讓她恐懼，她覺得自己經濟上很快就撐不住了，儘管出身富裕人家，要不被人察覺地籌到大筆錢財也是不可能的事。就算能籌到又怎樣？她知道，那女人明天就會要四百克朗，之後就會是一千、兩千，甚至更多，等到她再也拿不出錢的那天，來的就是一封告發她的匿名信，這場婚姻也就完了。她現在用錢買的只是時間，只是兩三天或者一週喘息的空檔，這段高價買來的時間卻充滿了折磨與焦慮，因此毫無價值。她讀不進書，做不了事，被惡魔般的恐懼日追夜趕。她覺得自己病了。有時心突然跳得那麼快，她得趕緊找地方坐下，不安的重負就像某種濃稠的漿液注滿她全身，使她筋疲力竭、痛苦不已，然而哪怕再累也睡不著。在別人面前，她還得強顏歡笑，絕不能讓他們察覺自己的快樂是花九牛二虎之力裝出來的——她僅有的精力都用來應付瑣事了，多麼可歌可泣，然而這些毫無意義的事說到底只是一種自虐而已。

她覺得，身邊只有一個人看穿了自己可怕的內心世界，那就是時刻在打量她的丈夫。為了守住祕密，她加倍地警覺起來，他與她之間的互相窺探因而成了一場曠日持久的拉鋸戰。他們整天繞著彼此轉來轉去，就為了看穿對方的祕密，同時不洩露自己的祕密。這些天裡，丈夫也變了個人似的。之前的他就像宗教裁判所的審判官那樣嚴厲無情，最近卻變得和和氣氣、憂心忡忡，不禁使她想起他們的新婚時光。他對待她就像對待一個病人，無微不至得讓她不解。他不時對她說些寬慰的話，她心中湧上一股奇怪的感覺，然後便理解了他的苦心，知道他是想誘導自己坦白一切。伊蕾娜雖然對此很是感激，可是內心卻更加恥於向丈夫坦白；羞恥隨著對丈夫的好感的萌生暗暗滋長，結果比懷疑更令她開不了口。

有一天，他面對面，毫不掩飾地跟她提到了這件事。當時她正從外面回來，聽到前廳裡傳來一陣哄鬧，那是她丈夫嚴厲的訓話聲，家庭女教師吵吵鬧鬧的聲音，還有不時傳來的哭訴與啜泣。她的第一感覺是驚恐。每當她聽到家裡有誰激動地高聲說話，心裡就會嚇得發抖，恐懼是她應付非正常情況的第一感覺，她焦灼地預感到，那封告發信已經來了，祕密已經敗露。每次她進門都要充滿疑慮地看一遍所有人的臉色，自問外出期間是不是發生了什麼，災難是不是已經降臨。

令人安慰的是，這次只是兩個孩子在吵架而已，丈夫在做臨時家庭裁判。幾天前，一位嬸嬸送了哥哥一隻彩色的小馬當玩具，妹妹因而生氣不已，因為她拿到的禮物沒有哥哥的好。她吵嚷著說不公平不公平，說著就要伸手去抓小馬，哥哥於是禁止她碰自己的玩具。她聽了先是大發脾氣，然後就一聲不吭，生著悶氣，眼裡恨恨的。第二天，小馬不翼而飛，大家找了半天，最後才在壁爐裡找到了已經被肢解的小馬：組成身體的木塊被砸得稀爛，彩色的鬃毛被連根拔起，還被開膛剖肚。妹妹毫無疑問地成了第一嫌疑人；哥哥大哭著向父親奔去，控訴妹妹的暴行，庭審於是拉開了帷幕。

審判很快就塵埃落定。妹妹先是害怕地垂下雙眼否認一切，然而顫抖不已的聲音早就出賣了她。家庭教師作證是妹妹幹的好事；她說當時聽見妹妹用她那小女孩特有的憤怒方式威脅說要把小馬從窗戶扔出去，妹妹卻拚命說不是她。現場頓時混亂起來，絕望的抽噎此起彼伏。伊蕾娜只是定定地盯著丈夫看，她感到丈夫要審判的彷彿不是小女兒，而是她自己的命運，因為很有可能明天一早這樣瑟瑟發抖、語無倫次地站在他面前的就是她自己。丈夫一開始態度強硬，只要那孩子還在說謊，他就逐字逐句地將其戳破，解除她的武裝，而且每次反擊的時候都保持著冷靜。然後，當女孩的否認逐漸無力時，他突然變得和藹可親，反過來寬慰她說，她這樣做也無可厚非，並提前原諒了她，說她只是一時衝動做了傻事而已，她當時只是沒有考慮過自己的行為可能會傷害到哥哥。他把原諒的理由說得那麼頭頭是道，那麼溫暖人心，那麼感人至深，女孩聽後越來越動搖，開始相信自己的行為雖然值得譴責，可是情有可原，最終她放棄了反抗，眼噙淚水，放聲大哭起來。接著，淚流滿面的她支支吾吾地承認了這件事是自己做的。

伊蕾娜想上前擁抱號啕大哭的女兒，可是她賭氣地將她一把推開。丈夫責備伊蕾娜說，這事不能就這樣算了，他要給女兒犯的錯來點懲罰。於是他作了一個雖然很輕，對女兒來說卻相當殘酷的判決：她幾個星期以來就盼著參加一個活動，現在因為犯了錯，明天的活動沒有她的分了。聽到這個判決，小女生又放聲大哭起來；哥哥聽後高興得手舞足蹈，可是父親馬上宣判說他也不能參加這個兒童慶典，因為他居然對妹妹的痛苦幸災樂禍，沒等父親的話說完便開始冷嘲熱諷。最終，兩個心碎的孩子只能一聲不吭地走了，在共同的懲罰中找到某種安慰，畢竟現在公平了。房間裡此時只剩下丈夫和伊蕾娜兩個人。

伊蕾娜感到，機會終於來了，現在正好可以用孩子的罪過與坦白做掩護，看看他是什麼態度。如果丈夫好意地接受了她為女兒所做的辯護，那她就敢向他坦白自己的事了。

「弗里茨，你說，」她開始說道，「你真的不打算讓孩子參加明天的活動嗎？他們會玩得很開心的，尤其是妹妹。她犯的錯其實也沒什麼大不了的。為什麼她要受到這麼嚴厲的懲罰呢？她畢竟是你女兒，你這樣做不會心痛嗎？」

他看了她一眼。

「你問我我的心會不會痛，那我要說，今天可不會。其實，她受到懲罰之後，心裡反而好受了。昨天，她把那隻可憐的小馬砸得稀巴爛之後扔進爐子裡，大家在家裡找來找去、猜來猜去的時候她才是最不幸的，因為她不停地害怕被別人發現自己的罪行。恐懼比懲罰更折磨人，畢竟，懲罰怎麼說也是確定的、明明白白的東西，而恐懼則讓人不確定，讓人心驚膽戰、坐立不安。只要犯罪者接受了懲罰，他的心裡就會好受一點。她號啕大哭的時候，你不要理解錯了，這是放下心頭大石之後爽快的哭泣。之前她犯的錯就像肉中刺一樣讓她隱隱作痛。哭出來總比憋著難受好。」

她抬頭看他。她覺得他剛才說的每一句話都在針對自己。不過他好像沒留意到她的反應，自顧自往下說道：

「事情真的是這樣，你要相信我。我辦過的案、參加過的庭審，都告訴我這樣一個道理。最讓被告痛苦的是隱瞞實情，他被一種可怕的壓力驅使著，要對抗所有大大小小的攻擊，只為了不讓謊言被識破。那些被告痛苦得瑟瑟發抖，因為大家要千方百計地讓他們說出『是』字，彷彿在用魚鉤從他們的肉裡扯出什麼祕密，這一幕真叫人寒心。有時，真話已經到了嘴邊，身體內部已經有一股不可抗拒的推力想把它推出去，他們不想嚏死的話就得坦白，可是，就在這時，一股邪惡的力量突然襲來，那是種令人不解的恐懼與執拗，在一番掙扎之後他們最後還是把坦白的話吞了回去。這樣的自我掙扎周而復始。遇到這樣的被告，法官有時比他們自己更受折磨。可是他們偏要把法官看成是自己的敵人，雖然法官實際上只是想幫他們罷了。作為辯護律師，我本該勸我的被告守口如瓶，要勸他們守住最後的謊言，然而我自己心裡面對此總是有顧慮，因為他們在不想招供的情況下所受的苦遠遠大於招供後受到的懲罰。我始終不能理解，他們能冒險忍受這樣的恐懼，卻沒有供認不諱的勇氣。我覺得，對坦白真相的恐懼比世界上任何一種犯罪都要可悲。」

「你以為……你以為真的只是……只是恐懼在作祟嗎……他們真的只是因為害怕而不想坦白嗎？有沒有可能……有沒有可能是因為羞恥呢……承認真相的羞恥之心……就像在別人面前脫得精光那樣？」

他驚詫地抬頭望她。他不習慣妻子對他的理論提出自己的見解。不過她說的話讓他覺得很有意思。

「你說羞恥嗎……這……這不過是恐懼的一種變形罷了……不過總比恐懼要好……羞恥心所害怕的並不是事後的懲罰，而是……好的，我明白你的意思了……」

他站起身來，異常激動地踱來踱去。這樣一個想法彷彿擊中了他腦海中的什麼東西，現在猛地驚起，風暴一般飄來蕩去。突然，他站住了。

「我承認……在眾人面前，在陌生人面前感到的羞恥……在烏合之眾的面前感到羞恥……他們只會把報紙上寫的別人的人生當作奶油麵包一樣啃掉……不過，換句話說，可以向自己親近的人坦白的，不是嗎？」

「或許，」她說話的時候得掉過頭去，因為他是這樣直楞楞地看著她，而且感覺到了她聲音裡的顫抖，「或許……面對自己最親近的人……才最感到羞恥……」

他再次站住，就像被內心的風暴緊緊攫住了。

「你的意思是……你是指……」突然，他的聲音變了，變得溫柔、深沉，「你是指……如果是對某個不太親近的人……比如說那個家庭教師……海倫娜，可能會更容易坦白？」

「我確信是這樣……她在你面前萬般不願意說真話……只是因為……因為你的裁決對她來說最為重要……因為……因為……她最愛的人是你吶……」

他再一次站定。

「你說的……你說的或許有理……嗯，肯定有理……不過真是太奇怪了……我居然從未想到這一點。不過你說得對，我不希望你認為，我不願意原諒……我不希望你誤解我……我並不是那種拒絕原諒的人……恰恰是對你，伊蕾娜，我不想造成這樣的誤會……」

他目不轉睛地看著她，她覺得自己在他的目光下臉紅了。他是故意這麼說的嗎，抑或這只是偶然，一次險惡而危險的偶然事件？那可怕的猶豫之心始終未離她而去。

「我決定了，」此刻，他好像豁然開朗，「就讓海倫娜去吧，我去跟她說。這樣一個結局，你還滿意嗎？或者你還有別的……別的願望？你看……你看……我今天心情真不錯……或許因為我及時意識到了自己所作的一個不公平的決定，我很高興。這樣做總會讓人鬆一口氣，伊蕾娜……」

她覺得自己聽懂了他的言外之意。她不由自主地朝他走近了一點，她感到話已經到嘴邊了，他也向前走了一步，彷彿要匆匆伸出雙手，為她要坦白的話接生。突然，他眼神裡的一道光、一道迫不及待要釣出真話的貪婪的光，猛地擊中了她，她坦白的勇氣瞬間全線崩潰。她無力地垂下雙手，轉過頭去。沒用的，她想。那句話在心裡灼燒著她，剝奪了她所有的安寧，可是也能還她自由，只是她永遠也不會說出口的。警告就像遠處的雷聲一樣滾滾而來，她知道自己註定逃不掉這場暴風雨。她心裡暗暗希望著，那道她一直害怕的、能讓她解脫的閃電可以快點劃破天際：她希望祕密自己敗露。

這個願望比她預想中實現得更快。這場戰鬥已經持續了十四天，伊蕾娜覺得自己的力量快要到極限了。那個女人已經四天沒找上門來，可是她對她的恐懼彷彿已經植入身體，融於血肉，以至於每次門鈴響的時候她都一下子衝過去，趕在送信的傭人之前，及時攔下可能是那個勒索者留給她的訊息。每次付錢之後她都能輕鬆一晚上，換來幾個小時無憂無慮的時光，和孩子在一起，或者出去散散步。

又是一陣門鈴聲，伊蕾娜從房間衝到門口；開門時，她第一眼看到的是一位不認識的貴夫人，然而她很快就嚇得後退了兩步，這不是別人，正是那個勒索者，她一下子就認出了她可憎的面孔，哪怕她今天衣著煥然一新，還戴了一頂優雅的禮帽。

「哎呀，這回是您本人呢，華格納夫人，見到您真高興。我有要事和您商量。」還沒等嚇得六神無主的伊蕾娜答話，女人就推開了她搭在門把上的手，直接進了屋，收起陽傘。這是一把色彩豔麗的紅色陽傘，分明就是她用勒索來的錢買的戰利品。那女人一舉一動都泰然自若得可怕，彷彿這裡是她自己的家，她心滿意足、無憂無慮地打量著屋子裡華麗的裝潢，問都沒問就穿過半開的門直接進了會客室。「就從這裡進屋，對嗎？」她問道，聲音裡帶著譏諷。被嚇得失去語言能力的伊蕾娜想阻止她往前走，女人只是淡淡地說了一句：「如果您不歡迎，我們就在這裡解決吧。」

伊蕾娜只好跟著她走進會客室。一想到那個勒索者居然膽大包天地進了自己家，伊蕾娜的頭腦就一片空白，女人的放肆超過了她最可怕的想像，伊蕾娜覺得這一切像是個噩夢。

「您家真美呢，美極了！」女人帶著肉眼可見的愜意坐了下來，「啊，這沙發坐起來也太舒服了。還有這些畫。和您家一比才知道，我們這種人活得多麼寒酸。您家真氣派，真美，太美了，華格納夫人。」

看到那個勒索者在自己家裡這麼快活，一股怒火終於席捲了受盡折磨的伊蕾娜。「你這個敲詐勒索的女人，你到底想要什麼！你跟蹤我來到我家，但我是不會任你宰割的！我要……」

「您別這麼大聲嘛，」對方突然用一種假惺惺，而且還侮辱人的親密語氣打斷她的話，「門還開著呢，傭人時時刻刻都會聽到您說的話。我倒是無所謂。我會全盤招供的，老天，坐牢不一定就比我們這種人現在過的髒日子要差。不過您吶，華格納夫人，您倒是要小心點。如果您現在想發脾氣，那我就把門關上，您慢慢發。只是我想告訴您，您再怎麼罵，我也不會有一丁點的在乎。」

面對著這人巋然不動的神態，伊蕾娜剛剛在憤怒中築起的勇氣一下子就崩塌了。她不安地站在那裡，幾乎到了卑躬屈膝的地步，就像等著別人給他分派任務的小孩。

「是這樣的，華格納夫人，我廢話不多說。您也知道，我的日子過得很糟糕。我之前已經跟您提過。我現在欠著房租。欠了很久很久了，而且還有很多債沒還清。我不想再這樣糾纏下去了，所以今天來找您幫忙——喏，您給我四百克朗就行。」

「我沒錢。」伊蕾娜結結巴巴地說，她對這個數目感到震驚，而且現在她手頭上的確也沒有那麼多現金。「我現在手上沒有那麼多錢。這個月我已經給了您三百，我還能從哪裡拿更多的錢啊？」

「這樣啊，不過，總會有辦法的，您再好好想想。像您這樣的有錢人，應該是想花多少，就有多少。只要您想花。華格納夫人，請您再想想，這麼點錢肯定難不倒您。」

「但我是真的沒有。我願意給您這筆錢。可是現在手上真的沒有那麼多。我可以給您一部分……或者先給一百克朗……」

「我跟您說了，我，要的是，四百克朗。」彷彿是被伊蕾娜剛剛的話刺激到了，女人突然厲聲說道。

「但我真的沒有。」伊蕾娜絕望得大叫起來。她心想，如果這時候她丈夫進來了，那該怎麼辦，他隨時都有可能進來。「我向您發誓，我現在沒有那麼多錢。」

「那您就去籌呀，向別人借。」

「我做不到。」

女人居高臨下地看著她，彷彿在審核她說的話是不是真的。

「您看……比如說您手上那枚戒指……如果拿去當，錢馬上就到手了。當然，我對珠寶首飾之類的不太瞭解……因為我自己從來就沒戴過什麼首飾……不過我想，區區四百克朗，怎麼也能拿到的……」

「這枚戒指！」伊蕾娜驚呼起來。這是她的訂婚戒指，是她唯一一枚從未摘下過的戒指，而且上面鑲了一塊漂亮又名貴的寶石，這使它價值連城。

「哎呀，有何不可呢？我當了之後把收據給您，您想什麼時候贖回就什麼時候贖。它還是會回到您手上的。我拿著它沒用。我這麼個窮人，要這枚名貴的戒指幹嘛？」

「但您為什麼要跟蹤我？為什麼一而再再而三地折磨我？不行……我不能把它給您。您要理解我……您看，一直以來，您想要什麼，我就給什麼。請您體諒一下我的心情。請您可憐可憐我！」

「但又有誰可憐過我？別人只會看著我餓死街頭。我為什麼要同情您這個有錢人？」

伊蕾娜本來想狠狠地駁斥她。然而——她的血液凝固了——她聽到有扇門關上的聲音。一定是她丈夫，他剛剛下班回來。她想也不想就把戒指從手上猛地摘了下來，把它塞到那個等待著的女人手裡。那女人馬上把它收了起來。

「您別害怕，我現在就走。」女人點點頭，看到伊蕾娜被門口傳來的男人的腳步聲嚇了一跳，此刻正屏息靜氣地聽著那邊傳來的一舉一動的聲音，她就高興得不能自已。她打開門，對迎面走來的伊蕾娜的丈夫打了個招呼，然後就出了門。丈夫抬頭看了她一眼，好像對她出現不怎麼在乎。

「那位夫人是來向我諮詢一些事的。」門剛關上，伊蕾娜便用盡最後一點力氣解釋道。最艱難的時刻已經挺過去了。丈夫聽了沒說什麼，冷冷地走進飯廳，午餐已經準備好了。

伊蕾娜覺得，手指上平日裡戴著戒指的那個冰冰涼涼的位置，現在彷彿燒了起來，就好像每個人都能在這光光的指節上看到她罪行的烙印。吃飯時，她試著遮掩手上的那個位置，可是這樣做的時候，一種莫名的不安就強烈地嘲諷著她，丈夫的目光不時落在她手上，跟蹤著它的一舉一動。伊蕾娜千方百計地要轉移他的注意力，提了一大堆問題，就想找點話說。她東拉西扯，說到孩子，說到家庭教師，每次都想用小小的火苗點燃一次對話，但每次都緊張得喘不過氣來，最後什麼也沒說成。她裝作很開心的樣子，逗兩個孩子玩，在他們之間煽風點火，但他們今天既吵不起來也笑不出來。她感到，自己的好心情可能演得太假了，讓身邊的人都覺得奇怪。她越是急著聊天，就越是聊不起來。最後，她放棄了，筋疲力竭，不再出聲。

其他人也都一聲不吭，她只聽見刀叉碗碟的聲音，還有自己心裡的恐懼汩汩流出的聲音。突然，丈夫問她：「你今天怎麼沒戴戒指？」

她嚇得面色慘白，心裡一個聲音在大叫：完了！然而，抗爭的本能還在。她想，盡全力，我這次要盡全力。只要再說一句話，一個詞。只要再說一個謊，最後一次。

「我……我把它送去洗了。」

她自己也被這謊話嚇了一跳，於是趕緊信誓旦旦地補充道：「後天我就去取回來。」一後天。現在有個目標了。她給自己下了最後通牒，在混亂不堪的恐懼中，她突然有了一種全新的感覺，沒想到做決定的日子這麼快就到了，她幾乎感到幸福。她身體裡，一種新的力量正在暗暗滋長，那是讓她繼續生存下去的力量，也是奪走她生命的力量。

第二天早上，她把所有的信都燒了，料理了一下各種家務，不過只要有可能，她就避開孩子，避開自己所愛的一切。現在，她只希望能好好地過日子，只想緊緊地擁抱生活中所有的欲望與執念，哪怕徒勞無功，她也要延後做出決定的時刻，好讓它來的時候更沉重、更不可改變。然後她走到了大街上，最後一次挑戰自己的命運，準備著，甚至渴望著遇上那個女人。她腳步不停地順著大街走下去，此時已經沒有了之前的緊張與焦慮。在她心裡，有種東西已經疲於抗爭，她就像履行義務一樣在外面逛了兩小時。哪裡都沒有那個人的影子。然而失望已經不能再傷害她。現在她幾乎希望不要再遇見那個勒索者，因為自己是那麼倦怠。她目不轉睛地看著過往行人的面孔，他們對她而言是那麼陌生，彷彿已經不再活在她的世界。一切都已經離她而去，遙不可及，不再屬於她。

她算著時間，直到夜幕降臨。她吃驚地發現到明早只剩下那麼幾小時，原來告別只需要那麼短暫的時間。知道自己什麼也帶不走，身邊的一切頓時分文不值。類似睡意的東西席捲了她。她無意識地走到大街上，漫無目的，既不前思後想，也不左顧右盼。在一個十字路口，一輛馬車險些就撞到了她，馬車夫在最後一瞬間勒住了馬，車轅剛好在伊蕾娜跟前剎住。車夫破口大罵，她連看都沒看他一眼。如果真的撞死了，那倒是個救贖，如果撞不死，她做決定的時刻又會無限延長。這意外本來可以免掉她做決定的痛苦。她筋疲力盡地往前走，什麼也不想的感覺真好，心裡只是隱約地感覺到，馬上就要了結了，彷彿一層雲霧落下，掩蓋了大地上所有的痕跡。

她不經意地抬頭一望，吃驚地看到了某條大街的名字：在漫無目的的遊蕩中她居然來到了老情人的家門前。這是什麼預兆嗎？他或許能幫她一把，畢竟他肯定知道那個女人的住址。伊蕾娜高興得渾身顫抖。為什麼這麼簡單的解決辦法，她之前就沒有想到呢？情人完全可以和自己一起去找那個女人，面對面做個了斷。他會強迫她停止這場勒索，又或者她可以用一筆錢打發她，讓她從這個城市消失。事後她才對自己當時這麼惡劣地對待這個年輕人感到愧疚，不過她確信他還是會出手相助的。太奇怪了，直到現在、直到最後關頭，她才想到了拯救自己的辦法。

伊蕾娜匆匆走上樓梯，按響了門鈴。沒人來開門。她屏息靜聽：好像門後正有腳步聲趕來。她再按了一次。還是沒有人回應。可是從裡面傳來了一陣窸窸窣窣的聲音。她的耐心沒了，她一次又一次地按門鈴，畢竟這可是關乎她性命的大事啊。

終於，門後傳來了響聲，鎖咔嗒一下開了，門開了一道小縫。「是我。」她急忙說。

他嚇了一跳，馬上就開了門。「是你……是您……尊敬的夫人，」他結結巴巴地說，看起來很尷尬，「我……我正在……對不起……我沒想到是您……我沒想到您還會來見我……很抱歉我穿成這個樣子。」他說罷指了指自己的衣袖。他的襯衫扣子只扣了一半，而且沒戴領子。

「我有急事找您……您要幫幫我，」她焦慮不安地說，因為他還不讓她進門，彷彿她是個要飯的，「請您讓我進去聽我說，就一分鐘。」她激動地補上一句。

「請原諒，」他支支吾吾，滿臉尷尬，不敢直視她，「我現在……我現在不方便……」

「請您聽我解釋。一切都是因您而起，所以您有責任幫我……您必須想辦法幫我把戒指贖回來，您必須。或者您至少告訴我她的住址……她一直在跟蹤我，現在不知道人在哪裡……您要幫我，聽到了嗎？您要幫幫我。」

他瞪大眼睛看著她。她現在才發現，自己剛剛語無倫次地把所有東西都說了出來。

「是這樣……您有所不知……您的情人，我說的是您以前的情人，她有一晚看著我從您房間裡出來，然後就一直跟著我，對我敲詐勒索……她快把我折磨死了……現在她還把我的訂婚戒指給搶了去，而我必須拿回來。今晚，最遲今晚，我要拿回來，我跟他說好的，今晚……您不想把我從這個女人手上救出來嗎？」

「可是……但我……」

「您想還是不想？」

「但我根本就不知道您說的是誰。我從來沒和任何一個敲詐勒索的人有過戀愛關係。」他說這話的語氣近乎粗魯。

「好吧……也就是說，您不認識她。她只是憑空捏造的。可是她知道您的名字，也知道我的住址。可能她根本就沒在敲詐勒索。可能我只是在做夢。」

她突然放聲大笑。他感到很不自在。他腦海裡閃過一個念頭，這個女人可能瘋了，她的眼睛閃著不正常的光。她的行為舉止瘋瘋癲癲，說話語無倫次。他驚恐地看了她一眼。

「請您冷靜一下……尊敬的夫人……我向您保證，您搞錯了點什麼。這一切根本不可能發生，這肯定只是您……不，我也不曉得到底發生了什麼。我不認識您說的那種女人……我保證，肯定是有什麼誤會……」

「您不想幫我，對不對？」

「不是這個意思……可是我也得幫得上才行呀……」

「那……那您跟我來。我們一起去她家……」

「去誰家……去誰家啊？」她一把抓住他手臂的時候，他心中再度湧起一股恐懼，眼前這個女人真的瘋了。

「去找她……您去還是不去？」

「我去我去……我去……」他此刻幾乎已經確信她精神錯亂了，看看她拉扯著他的樣子，那股貪婪和急迫的樣子，「我去……我去……」

「那您倒是跟我來呀……這攸關我的生死！」

他把心一橫，控制著自己不要笑出聲來，然後一下子變得客套起來：

「請原諒，尊敬的夫人……不過我現在真的脫不了身……我在給學生上鋼琴課……我不能就這樣一走了之……」

「是嗎……是嗎……」她對著他的臉尖聲大笑起來，「所以……您就穿著這身破爛……去給別人上鋼琴課……別騙人了。」突然，伊蕾娜好像想到了什麼，不顧阻攔，往屋裡走去。「原來她躲在屋裡呢，那個敲詐的女人就躲在您床上，對不對？您兩位是在唱雙簧，對吧？我知道了，每次她敲詐完我之後，就來跟您分享情報。但我現在再也不怕了，我今天無論如何要逮到她。」她聲嘶力竭地大叫起來。他緊緊拉住她不放手，但她猛地與他搏鬥起來，一把甩開他，向臥室衝去。

一個分明是在門後偷聽的人影閃了回去。伊蕾娜驚愕地見到一個衣冠不整的陌生女人，那女人猛地把臉轉了過去。情人衝上前來，拉住他以為已經瘋了的伊蕾娜，害怕她會做出什麼傻事，但伊蕾娜已經從房裡退了出來。「原諒我。」她喃喃地說。她的腦子裡亂成一團。她完全不明白到底發生了什麼事，只感覺到噁心，一股無窮無盡的噁心與倦怠。

「請原諒。」她又說了一遍，回頭看了情人一眼，他正惴惴不安地目送著自己走到門外。「明天……明天您就會知道發生了什麼事……其實，我……我自己也不知道到底發生了什麼。」她對他說，彷彿他是個陌生人。她再也想不起自己曾經屬於眼前的這個男人，再也感覺不到自己的身體。事情比之前更加混亂了，她只知道，有人騙了她。然而她太累了，再也沒有力氣去思考，也沒有力氣去左顧右盼。她閉著雙眼走下樓梯，就像一個走向斷頭臺的犯人。

外面天已經黑了。她心裡閃過一個念頭，或許，那個要將她處斬的女人已經等在外頭了，或許，在最後關頭她的救贖才會到來。她想，自己或許應該雙手合十，向一個已被遺忘的神禱告。噢，如果還能從那個劊子手那裡買幾個月的生命該多好，要是還能再活幾個月，夏天就會到來，她可以無憂無慮地活著，在草地和原野之間、在那個女人去不了的地方，只要再活一個夏天就好。

她充滿渴望地窺探著已經陰暗下來的街道。那邊，在某個房門那裡，她覺得好像有人在監視她，但一走近，那個人影就在走廊的深處消失了。有那麼一瞬間她覺得，這個人影與她丈夫有幾分相似。她今天第二次感到了這樣的恐懼，那就是怕在街上突然遇到他和他的目光。她猶豫了一下，想確認那個人是不是她的丈夫，但他已經消失在暗影中。她惴惴不安地繼續往前走，脖子緊繃，火辣辣地作痛，彷彿後面有什麼人的目光把它點燃了。她再一次回過頭去，然而大街上一個人都沒有。

藥店快到了。她微微顫抖著走了進去。助理藥劑師接過處方，給她取藥。在這短暫的一分鐘裡，藥房裡的一切躍入眼簾：晶亮的藥秤，小巧的砝碼，細細的標籤，還有櫃子裡那一排排貼著陌生的拉丁語名字的藥劑。伊蕾娜盯著看的時候不由自主地拼著上面的單字。她聽見掛鐘滴答作響，聞到那種藥房裡特有的甜膩氣味，突然回想起自己小時候總是求母親讓自己去買藥，因為她愛藥房裡的味道，更愛看那些式樣奇特、閃閃發亮的坩堝。這時她才想起自己還沒來得及跟母親好好道別，她對此感到萬分遺憾與抱歉。她聽見我的消息後，該會多麼心痛啊，伊蕾娜驚恐地想道。不過藥劑師已經從一個圓肚容器裡把透明的藥劑放進一個藍色的小瓶子裡了。她呆滯地看著這一幕，看著死亡如何從大瓶滴入小瓶，而且很快就會進入她的血液。想到這裡，她全身泛起一陣寒戰。彷彿被催眠了那樣，她面無表情地看著藥劑師的手指如何用木塞把裝滿了藥劑的小瓶子塞上，然後在外面包了一張紙。她的所有感官都麻痹了，被腦海裡可怕的念頭緊緊攫住。

「請您付兩克朗。」藥劑師說。她這時才如夢初醒，驚詫地看著四周。她無意識地從提包裡掏出錢。一切就像在做夢，她抓出一把硬幣呆呆地看著，好像一時認不出那是什麼，在數錢的時候猶豫不定，好像已經無法控制自己的意志。

這時，她突然感到自己的手臂被什麼人推開，聽到硬幣叮鈴作響地落到一個玻璃碗裡，一隻手從她身邊探過來，一把抓住了藥瓶。

她下意識地轉過頭去。她的目光凝固了。這不是別人，正是她的丈夫，他正站在她身旁，雙唇抿得緊緊的。他臉色慘白，額頭上滲出豆大的汗珠。

她覺得自己馬上就要暈倒了，必須立刻抓住桌子。她一下子就明白了，在門邊偷聽的人正是他；她心裡已經暗暗地察覺到是他了，但在同一瞬間腦子又開始紊亂起來。

「我們走。」他喉嚨哽咽著說。她呆呆地看著他，大腦一片空白，彷彿到了意識之外的某個遙遠而黑暗的世界，以至於最後連反抗都忘了，只能跟在他的後面。她幾乎意識不到自己在往前走。

他們肩並肩走在大街上，不看對方一眼。他手裡一直緊握著那個瓶子。突然，他停了下來，用手背擦了擦汗溼的額頭。她也不由自主地放慢了腳步。可是她不敢抬頭看他。沒有人開口說一句話，兩人之間只有街上車輛的喧囂。

在家門前的樓梯口，他讓她先走。然而只要她自己一人往前走，步伐就不聽使喚地踉蹌起來。她猛地站住，扶住樓梯扶手。這時他走了過來，牽住她的一隻手臂。他碰到她身體的時候她嚇了一跳，匆匆地順著最後幾級臺階往上走。

她進了屋。他一路跟著她。牆壁在黑暗中泛著微光，房間裡的物品無法辨認。他們依舊沒有說一個字。他把瓶子上的包裝紙撕掉，打開瓶塞，把藥水全部倒掉。然後他把瓶子猛地摔向牆壁。聽到玻璃破碎的聲音，她嚇得渾身一抖。

他們久久地沉默著。她感覺到，他正在多麼努力地控制自己的情緒，可是又不敢朝他看一眼。最後，他向她走來，越走越近。她已經能聽到他粗重的呼吸聲，看到他呆滯的模糊目光如何在漆黑的四壁之間閃著微光。她等著他怒火爆發的那一刻，當他的手生硬地一把抓住她的時候，她全身害怕得抖個不停。伊蕾娜的心跳停止了，只有神經還像緊繃的琴弦一樣在顫動；她身上的一切都在等著他的訓斥，那一刻她幾乎渴望著他的怒火。然而丈夫依舊一聲不吭，她吃驚地發現，他走過來的時候是那麼溫柔。「伊蕾娜，」他說，他的聲音聽起來溫和得令人驚詫，「我們還要這樣互相折磨多久呢？」

這個時候，她的胸膛抽搐著猛地爆發出一陣動物般的無意義叫喊，終於出來了，這鬱積了幾個星期的一而再、再而三地壓下去的淚水。身體裡彷彿有隻憤怒的大手捏住了她，狂暴地把她甩來甩去，她像個醉漢一樣抽抽搭搭地哭著，要不是丈夫一把扶住，她會就地倒下去。

「伊蕾娜，」他安撫她，「伊蕾娜，伊蕾娜。」他越來越小聲、越來越溫柔地叫著她的名字，彷彿可以用這樣的柔情蜜語撫平她抽搐不已、悲痛欲絕的神經。然而她還是沒能說出一句話來，只是不住地抽泣著，狂野的啜泣就像痛苦的波浪，一波一波地沖刷著她的身體。他把她顫抖不已的身體抱到沙發上，在沙發前朝她俯下身來。可是她依然沒有停止哭泣。她的身體就像被電流擊中一樣，在哭泣中抖個不停，恐懼與冰冷的餘波在備受折磨的軀體上流淌飛濺。幾個星期以來，那無法忍受的痛苦一直蜷縮在她心裡，神經鬆開的一剎那，痛苦彷彿脫韁野馬一樣踏過她毫無知覺的身體。

他激動地扶起她顫抖不已的身體，握住她冰冷的雙手，先是安撫般地輕吻，然後便瘋狂地、帶著恐懼與激情親吻她的裙子、她的脖子，可是戰慄依舊衝擊著這具蜷縮的身體，啜泣的波浪翻騰著，終於擺脫了束縛，從身體內部汩汩流出。他摸了摸她被淚水溼透的冰冷面孔，按了按她兩側跳動不已的太陽穴。一種說不清的恐懼席捲了他。他跪下來，貼近她的臉，開口說道：

「伊蕾娜，」他不斷地輕撫她的身體，「為什麼你要哭呢……現在……現在什麼都過去了……你為什麼還要折磨自己……你不用再擔驚受怕了……那個女人不會再來了……永遠不會再來了……」

她的身子猛地一震，他用雙手緊緊扶住她。他一邊不停地親吻她，一邊結結巴巴地說著道歉的話：

「不會了……真的不會再來了……我向你發誓……我之前不知道你會害怕成這樣……我當初只想提醒你一下……只想把你引回正途……只為了讓你離開那個男人……永遠不要再去找他……回到我們身邊來……當時我無意中得知了你和他的事，我沒有其他辦法……我總不能當面跟你提這件事……我想……我想你總有一天會回來的……所以我就派了她過去，那個可憐的女人，希望她能讓你離開他……她是個可憐人、一個女演員，剛剛被解雇……她本不願意接這樁差事，可是我當初很堅持……我知道這樣做對你很不公平……可是我希望你回來……我一直跟你說，我隨時準備著接你回家……我一直願意原諒你，可是你總不明白……但我從沒想過……我沒想過要把你逼到現在這種地步……我在一旁看著也很難受……我天天都跟著你……只為了我們的孩子，你要明白，我這麼逼你是為了我們的孩子……不過現在一切都雨過天青了……已經沒事了……」

她聽著他在她身邊說出的話，那些話彷彿來自無窮遠的地方，而她始終無法理解。她心底裡一股流泉正在翻湧，各種感覺匯成混沌的喧囂，掩蓋了一切，吹滅了所有的情感。她感覺到了皮膚上的親吻與撫摸，感覺到了自己冰冷的眼淚，可是血液裡依然嗡嗚不止，充滿了一陣又一陣震耳欲聾的沉重巨響，這巨響暴烈地擴散開來，像有千百口銅鐘在瘋狂地迴響，轟鳴不已。然後她失去了知覺。她在朦朦朧朧中感覺到，丈夫正在幫她脫衣服，彷彿透過雲霧一般看到他那溫柔而憂慮的面孔。接著她就墜入了黑暗，墜入了久違的睡眠，那睡眠中漆黑無夢。

翌日早晨她醒來的時候，天色已經大亮。她感覺到房間裡明亮的光，她的血液就像雨後的天空，被暴風雨洗刷一新。她試著回想昨天發生的事，但一切都彷彿一場夢。她的感官模糊不清，彷彿在睡眠中飄浮著穿過了無數的空間，萬事萬物都是那麼不真實、那麼輕盈、那麼自由。為了確認自己已經醒了，伊蕾娜試探地摸了摸自己的雙手。

突然，她嚇了一跳：在手指上她摸到了自己的戒指。她馬上就清醒了過來。昨晚在半昏迷中聽到的混亂不清的話語，還有某種陰暗的預感，此刻匯合成一個邏輯明晰的整體。她一下子就明白了整件事，丈夫提的那些問題，她情人的驚詫，所有的網孔都收攏成一張可怕的大網，而她就在網中。她感到一陣憤怒，一陣羞恥，她的神經又開始簌簌發抖，她幾乎後悔自己醒了過來，畢竟，在睡著的時候，沒有噩夢，也沒有恐懼。

然後她聽到了隔壁房間的笑聲。孩子已經醒了，正像啁啾的小鳥一般飛進晨光之中。她清楚地聽出了兒子的聲音，第一次吃驚地發現兒子的聲音和丈夫的聲音是那麼相似。她的雙唇掠過一絲微笑，可是這微笑馬上又消失無蹤。她閉上雙眼，躺在床上，為了更深入地享受她的人生和她的幸福。身體裡面還有什麼在隱隱作痛，但那是一種帶著允諾的痛苦，雖然熾熱，卻像傷口一樣，不久就會永遠癒合。

史蒂芬・茨威格年表

一八八一年（出生）

十一月二十八日，史蒂芬・茨威格出生於奧匈帝國維也納。父親莫里斯・茨威格是一位富有的猶太紡織企業家，母親伊達・布雷特奧是猶太銀行家的女兒。史蒂芬還有一個哥哥，名叫阿爾弗雷德。

一九〇〇年（十九歲）

高中畢業後進入維也納大學哲學系，但很少去上課，而是為奧地利的《新自由報》文學專欄寫文章。

一九〇一年（二十歲）

第一部詩集《銀弦》出版，於次年轉入德國柏林大學。

一九〇四年（二十三歲）

完成博士論文《伊波利特·阿道爾夫·丹納的哲學思想》。

第一部小說集《艾麗卡·埃瓦特的愛》在柏林出版。

一九〇六年（二十五歲）

第二部詩集《早年的花環》在萊比錫出版。

一九〇七年（二十六歲）

三幕詩劇《泰西特斯》在萊比錫出版。

一九〇八年（二十七歲）

將手抄本《泰西特斯》送給西格蒙德·佛洛伊德。佛洛伊德給他回信，從此，兩人間保持了三十多年的信件往來。

一九一〇年（二十九歲）

傳記小說《埃米爾·維爾哈倫》在萊比錫出版。

一九一一年（三十歲）

中短篇小說集《初次經歷：兒童國的四個故事》在萊比錫出版，收錄〈家庭女教師〉、〈祕密燎人〉、〈夜色朦朧〉、〈夏日小故事〉。

一九一二年（三十一歲）

遊歷美國，旅途中結識了許多作家和藝術家。

戲劇《濱海之宅》在維也納城堡劇院首演。

一九一三年（三十二歲）

獨幕劇《變換的喜劇演員》在萊比錫出版。

一九一四年（三十三歲）

第一次世界大戰爆發，入伍。

一九一七年（三十六歲）

服役期間休假，後離開軍隊，搬到中立國瑞士的蘇黎世，任《新自由報》的記者。

表現主義戲劇《耶利米》在萊比錫出版。
發表文章〈回憶埃米爾．維爾哈倫〉。

一九一九年（三十八歲）

戰爭結束後回到奧地利，在邊境巧遇哈布斯堡王朝與奧匈帝國的末代皇帝卡爾一世，茨威格在自傳《昨日世界：一個歐洲人的回憶》中有關於這段經歷的描述。
戲劇《傳奇人生》在萊比錫出版。

一九二〇年（三十九歲）

與弗里德麗克．瑪莉亞．馮．溫特尼茨結婚。
傳記小說《三大師傳：巴爾札克、狄更斯、杜斯妥也夫斯基》在萊比錫出版。
中篇小說《重負》在萊比錫出版。
傳記小說《羅曼．羅蘭，其人和作品》在法蘭克福出版。

一九二二年（四十一歲）

中短篇小說集《馬來狂人：關於激情的故事集》在萊比錫出版，收錄〈馬來狂人〉、〈一位陌生女子的來信〉等。

一九二三年（四十二歲）

傳記小說《法朗士．麥綏萊勒》在柏林出版。

一九二四年（四十三歲）

《詩歌合集》在萊比錫出版。

一九二五年（四十四歲）

發表隨筆〈世界的單調化〉。

中篇小說《恐懼》在萊比錫出版。

傳記小說《與惡魔的搏鬥：荷爾德林、克萊斯特、尼采》在萊比錫出版。

一九二七年（四十六歲）

中篇小說《日內瓦湖畔插曲》在萊比錫出版。

發表〈告別里爾克〉。

中短篇小說集《情感的迷惘》在萊比錫出版，收錄〈一個女人一生中的二十四小時〉。《人類群星閃耀時》第一版在萊比錫出版，此版本僅包括五篇傳記。

一九二八年（四十七歲）

前往蘇聯。在高爾基的幫助下，茨威格的作品得以在蘇聯出版。

傳記小說《三位詩人的人生：卡薩諾瓦、斯湯達爾、托爾斯泰》在萊比錫出版。

一九二九年（四十八歲）

發表傳記小說《約瑟夫・富歇：一個政治家的肖像》。

三幕悲喜劇《窮人的羔羊》在萊比錫出版。

小說集《四篇小說》在萊比錫出版。

一九三一年（五十歲）

傳記《透過精神治療：梅斯默、瑪麗・貝克－艾迪、佛洛伊德》在萊比錫出版，茨威格將此書獻給物理學家愛因斯坦。

一九三一年（五十一歲）

傳記小說《西格蒙德・佛洛伊德》在巴黎出版。

傳記小說《瑪麗・安托瓦內特》在萊比錫出版。

一九三二年（五十二歲）

為理查・史特勞斯創作歌劇《沉默的女人》的劇本。

一九三四年（五十三歲）

作為猶太人，茨威格的名聲並未使他擺脫被迫害的危險。希特勒上臺後，茨威格於二月二十日離開奧地利，移民到英國倫敦。

傳記小說《鹿特丹的伊拉斯謨：勝利和悲劇》在維也納出版。

一九三五年（五十四歲）

《沉默的女人》在德勒斯登首演，理查・史特勞斯拒絕將茨威格的名字從節目中刪除，公然違抗了納粹政權。該歌劇在演出三場後被禁演。

傳記小說《瑪麗・斯圖亞特》在維也納出版。

一九三六年（五十五歲）

《短篇小說集》上下冊在維也納出版。

專著《卡斯特留反對喀爾文：良知反對暴力》在維也納出版。

一九三七年（五十六歲）

中篇小說《被埋葬的燈檯》在維也納出版。

隨筆集《遇見人、書、城市》在維也納出版。

與約瑟夫．格雷戈爾合作，為史特勞斯創作了另一部歌劇《達芙妮》的劇本。

一九三八年（五十七歲）

傳記小說《麥哲倫》在維也納出版。

母親去世。

十一月，與妻子弗里德麗克離婚，之後兩人依舊保持緊密的書信往來。

《瑪麗．安托瓦內特》被美國米高梅公司改編成電影。

一九三九年（五十八歲）

小說《焦灼之心》德文版在斯德哥爾摩與阿姆斯特丹出版。

夏末，與祕書洛特·阿特曼在英國巴斯結婚。

一九四〇年（五十九歲）

《人類群星閃耀時》的內容增加到十四篇。

由於希特勒的軍隊向西迅速推進，茨威格夫婦離開倫敦，取道美國、阿根廷和巴拉圭到達巴西，在彼得羅波利斯定居。此時的茨威格已對歐洲局勢和人類的未來深感悲觀。

一九四一年（六十歲）

專著《巴西——未來之國》在斯德哥爾摩出版。

一九四二年（六十一歲）

二月，與妻子洛特在里約熱內盧附近的彼得羅波利斯寓所內自殺。

中篇小說《西洋棋的故事》在布宜諾斯艾利斯出版。

自傳《昨日世界：一個歐洲人的回憶》出版。

一九四八年

茨威格的第一任妻子弗里德麗克的回憶作品《我認識的史蒂芬．茨威格》在柏林出版。〈一位陌生女子的來信〉被德國導演馬克斯．奧菲爾斯拍成電影。

二〇〇二年

巴西發行電影《失去茨威格》。

二〇一四年

美國和德國合拍的喜劇劇情片《歡迎來到布達佩斯大飯店》發行，此影片的靈感來自茨威格的四部作品：〈變形的陶醉〉、〈焦灼之心〉、《昨日世界》，和〈一個女人一生中的二十四小時〉。

二〇一五年

法國發行紀錄片《史蒂芬．茨威格：一位世界的歐洲人》。

二〇一六年

奧地利、德國和法國聯合發行關於茨威格流亡生活的電影《黎明前》。

作者簡介

史蒂芬・茨威格（Stefan Zweig, 1881-1942）

享有世界級聲譽的小說大師、傳記作家。

出生於奧地利首都維也納，父母都是猶太人。十九歲時進入維也納大學讀哲學，二十歲時出版詩集，次年轉到柏林大學，將更多時間和精力投入文學創作，並且從事了一些翻譯工作。

第一次世界大戰爆發後，在法國作家羅曼・羅蘭等人的影響下，從事反戰活動，為和平而奔走。二戰陰雲遍布歐洲後，猶太人遭納粹屠殺，茨威格流落他鄉，一度移居英國，加入英國國籍，後轉道美國，定居巴西。

一九四二年二月二十二日，因對歐洲淪陷感到絕望，茨威格偕妻輕生離世。消息傳開，引起世人無限哀痛，巴西為他們夫妻舉辦隆重的國葬。

茨威格的小說作品對人性描寫入木三分，尤其擅長刻畫女性心理；傳記作品兼具了歷史的真實和藝術的魅力，具有無與倫比的感人力量。

代表作：小說《一位陌生女子的來信》、《一個女人一生中的二十四小時》、《焦灼之心》，人物傳記《人類群星閃耀時》，自傳《昨日世界：一個歐洲人的回憶》。

譯者簡介

楊植鈞

德語譯者、教師。上海外國語大學德語文學博士，德國柏林自由大學哲學系聯合培養博士生。現任教於浙江科技學院中德學院。

長期從事德語教學及翻譯工作，在奧地利現當代文學領域研究成果頗豐。

譯作有：

二〇一九《奇夢人生》

二〇二三《象棋的故事：茨威格中短篇小說精選》（作家榜經典名著）

二〇二三《一個陌生女人的來信：茨威格中短篇小說精選》（作家榜經典名著）（臺版譯名：《一位陌生女子的來信：茨威格中短篇小說精選》）

二〇二三《一個女人一生中的二十四小時：茨威格中短篇小說精選》（作家榜經典名著）

一個女人一生中的二十四小時：茨威格中短篇小說精選 / 史蒂芬．茨威格著；楊植鈞譯 . -- 初版 . -- 臺北市：時報文化出版企業股份有限公司 , 2025.04
248 面；14.8×21 公分 . --（愛經典；86）
ISBN 978-626-419-352-8（精裝）

882.257 114002974

本書譯自 Paul Zsolnay 出版社
2018 年版 *Vergessene Träume: Die Erzählungen*
2019 年版 *Verwirrung der Gefühle: Die Erzählungen*

作家榜®经典名著
读经典名著，认准作家榜

ISBN 978-626-419-352-8
Printed in Taiwan

愛經典0086

一個女人一生中的二十四小時：茨威格中短篇小說精選

作者—史蒂芬．茨威格｜譯者—楊植鈞｜編輯—邱淑鈴｜企畫—張瑋之｜美術設計—FE 設計｜校對—邱淑鈴｜總編輯—胡金倫｜董事長—趙政岷｜出版者—時報文化出版企業股份有限公司　108019 臺北市和平西路三段二四〇號四樓　發行專線—（〇二）二三〇六—六八四二　讀者服務專線—〇八〇〇—二三一—七〇五、（〇二）二三〇四—七一〇三　讀者服務傳真—（〇二）二三〇四—六八五八　郵撥—一九三四四七二四時報文化出版公司　信箱—10899 臺北華江橋郵局第 99 信箱　時報悅讀網—http://www.readingtimes.com.tw｜電子郵件信箱—new@readingtimes.com.tw｜法律顧問—理律法律事務所　陳長文律師、李念祖律師｜印刷—勁達印刷有限公司｜初版一刷—二〇二五年四月十一日｜定價—新台幣四四〇元｜（缺頁或破損的書，請寄回更換）